ビストロ・ベーテへようこそ

幸せのキッシュロレーヌ

角川文庫
24449

目次

第一話　小野コマチの情熱《パシオン》～骨付き鶏もも肉のワイン煮込み

昔あるところに、魔法で獣にされた王子さまがおりました。

彼は今でも、魔法を解いてくれる美女の訪れを、ビストロの片隅で待っているそうです。

最初に出てきたのは、おもちゃみたいな小さなカップに入ったメロンの冷製スープだった。

唇を寄せると、おだやかな陽射しの色に似たオレンジの液体がふるんと揺れて、芳醇《ほうじゅん》なメロンと涼しげなミントの香りが鼻先をかすめた。続いて甘く冷たいスープがとろりと舌をすべり喉《のど》へ流れ落ちる。

……なにこれ、美味《おい》しいっ。

口いっぱいに広がる甘い余韻にコマチは身震いした。

うんざりするような酷暑が続く七月の終わりに、コマチが肩口にシフォンのフリルをあしらったシアーなワンピースに華奢《きゃしゃ》なパンプスでその屋敷を訪れたのは、婚活アプリでマッチングした相手からお誘いを受けたためだった。

『名前　bête《ベーテ》
年齢　三十二歳　男性
学歴　フランスの王立大学を卒業

職業　隠れ家ビストロのオーナーシェフ
年収　いっぱい
都内在住
同居家族なし
婚歴なし
喫煙なし』

プロフィールには顔写真の代わりに薔薇《ばら》が咲き乱れる広々とした庭園と、白い飾り窓が麗しい西洋風のシンメトリーな造りのお屋敷がアップされている。

これ、どこかの観光スポット？　まさか個人の家じゃないわよね？　それにフランスの王立大学卒業って……日本人じゃないの？　フランス人？

名前のbêteをスマホで翻訳してみると、

『bête→動物　獣　獣《けだもの》のような人　おひとよし　おばかさん』

と、これまたうさんくさい言葉がぞろぞろ出てきて。

ケダモノ⁉

わざとなのか、単に無知なのか悩んでしまった。

そんなどう見ても怪しい男性から「美食の芸術家たる私の料理をぜひ食べにきてほしい」と誘われて、「ええ……機会があれば」と遠回しに断ったはずが、「では七月のこの日はどうだろう？　この日でもいい。この日も特別に考慮しよう」とぐいぐい押されて、いつのまにかディナーの予約が確定していた。

口調やプロフィールがおかしいのはフランス人で日本語が不慣れなせいかもしれないけど、いくら三十五歳までに結婚相手を見つけると決めたからって、こんな怪しい誘いに乗ってしまうなんて……と、ため息がこぼれる。

三ヶ月後に三十五歳になるコマチの人生は、仕事も恋愛も最悪づくしで、過去最高に自己肯定感が低くなっている。今なら金髪でイケメンで大金持ちの王子さまに偽装したロマンス詐欺にも引っかかりそうだ。

……本当に王子さまだったらいいのに。

そんな願望が頭をよぎってしまうのは、やはりこの異常な夏の暑さにも、先月からの不運のスパイラルにもぐったりしているからで。

王子さまじゃなくてもいいから、犯罪歴のない普通の人で、ごはんだけでも美味しいといいなぁと、我ながら泣けてくるささやかな希望を胸に、自称『けだものさん』の隠れ家ビストロを訪れたのだった。

「えーと……地図では、このへんなんだけど」

ねっとりした空気が肌にまといつく中、高い塀沿いに長い長い坂をのぼると、夜空をおおうほど木が鬱蒼《うっそう》と生え茂る雑木林のようなところへ出た。目の前に門があるにはあるが、石の門に埋め込まれた表札は植物園になっている。

総面積十六万平方メートル以上。江戸《えど》時代に御薬園として薬になる植物を栽培した場所で、現在は某大学の附属施設として一般公開されている。

開園時間は午前九時〜午後四時半。

午後七時のこの時間は、とっくに門が施錠されている。

送られてきた地図を見たときも、あれ？　と思ったのだ。

……ここって植物園じゃない？

そもそも飲食店にしても個人の家にしても、十六万平方メートルは広大すぎる。東京ドームが三個は入る。

コマチの疑問に相手はさらりと『ああ、そのあたりだ　来ればわかる』と返信してきた。

植物園の近くのお店ということ？

もやもやしたまま引き下がったのだが――。

どれだけ周りを見渡しても、それらしい店は見当たらない。

正門の向かいにあるのは枝葉を茂らせた高い木々に囲まれたお寺に、コンビニに、マンションで。正門から見える柵《さく》の向こうには木や茂みが不吉な黒い雨雲のように群れ固まり、シーンとしている。

考えたくないが、これは詐欺よりタチの悪いイタズラではないか？　結婚を焦っている三十四歳の婚活女をからかってみたのでは？　そう思ったら頭と顔が焼けつくように熱くなって――門の鉄柵が動き出したのはまさにそのときだった。手もふれていないし、風も吹いていない。なのに、しっかり施錠されていたはずの鉄柵がすーっと手前に開き、解放される。

「え？　ええっ？　なんで？」

さらにコマチが目を疑ったのは、門の向こうに薔薇が咲き乱れる広々とした庭園と、白い飾り窓が美しい西洋風の豪邸が出現したことだった。

まるで最初からそこに存在していたように、爽《さわ》やかな月明かりの中にほのぼのと浮かび上がり、白い飾り窓にはすべて明かりがともっている。

コマチはこくりと息をのむと、屋敷に向かって歩き出した。

不安よりも好奇心のほうが勝ったのだ。

子供のころから、お化け屋敷では怯《おび》える子たちを背中にかばって先頭を進んでゆくタイプだった。内心は怖かったとしても、こんなの平気よ、と他の子たちを励まして。

美しく整えられた庭園には、薔薇があふれている。

記録的な猛暑で薔薇だってとっくにしおれているはずなのに、清楚《せいそ》な白、あでやかな真紅、可憐《かれん》なピンク、楽しげな黄色、すべての薔薇が花びらを広げて生き生きと咲き誇っている。

高貴な甘い香りに包まれた道は石段へと続き、そこを上ると石のアーチに囲まれた立派な扉があった。

その扉もまた、コマチを歓迎するかのように左右に開く。

チリン……。

儚《はかな》げな鈴の音が、耳をかすめた。

「……おまちしておりました。小野《おの》コマチさま」

幼い声がして、視線を下へ向けるとメイド服に身を包んだ小さな女の子が立っていた。

さらさらの髪を肩の上で切りそろえていて、七歳くらいに見える。表情にとぼしく声も淡々としていて、首に黒いリボンのチョーカーをつけていた。リボンの中央を幅広のリングで留め、そこから銀色の鈴がついた短いチェーンを垂らしていた。女の子の動きに合わせて、鈴がチリン……チリン……と鳴る。

「あなたは、ここの家の子？」

どう見ても小学生だ。飲食店のアルバイトには不適切な年齢である。

女の子は考え込むような表情を浮かべたあと、ふるふると首を横に振った。

「わたしは……やじゅうさまのしもべ、です」

「し、しもべ？」

意味がわかっていて使っているのだろうか？

女の子は舌足らずな話し方で、

「……こちらへどうぞ」

と言って、ちまちました足取りで歩き出した。

扉の向こうは廊下で、その向こうにまた立派な扉があり、その扉を抜けると、また廊下があり、扉がある。

チリン……チリン……と、女の子はリボンのリングに垂らした鈴を鳴らして進んでゆく。

女の子が手をふれるより先に、扉は自然に開いてゆく。

古めかしいデザインだけど、きっと自動なのだ。そう思わないと頭が爆発しそうだ。

きっとこの子も、この家の子か親戚《しんせき》の家の子で、アニメかゲームの影響で『しもべ』だなんて言っているのだ。

それにしてもこの廊下と扉は、いつまで続くのだろう。

今からでも走って引き返すべきか。

女の子の足取りは、ちまちま、とてとてしているので、コマチのほうが足は速い。中学、高校のソフトボール部ではエースで四番で盗塁王だった。社会人になってからもフットサル同好会に所属して鍛えている――とはいえ、あのことがあってから一度も参加していないけれど。

胸がズキズキして暗い気持ちになったとき、ようやく部屋に辿《たど》り着いた。

やわらかな照明に包まれた椅子やテーブルが、アンティークで素敵だ。まるで老舗《しにせ》ホテルのラウンジのようにロマンチックで。

が、いくつか奇妙な箇所がある。

向かって左側の、調理場かカウンターと思わしきあたりに、暗幕のような分厚いカーテンがかかっている。

そこ以外、壁はすべて鏡で、天井まで鏡張りだ。驚くコマチの姿が、あちこちの鏡に映っている。

こんなに鏡ばかりでは落ち着かない。なんでこんなインテリアにしたのだろう。

「……こちらのお席へ……どうぞ」

チリン……チリン……と鈴を鳴らして女の子が勧めてくれたのは、カーテンの前のテーブル席だった。

ちょうどカーテンと向かい合わせに配置された椅子に、おそるおそる腰かける。

テーブルクロスは薔薇《ばら》のような赤で、白い皿に薔薇のつぼみの形に折った赤い布ナプキンがセットされている。

わ、凝ってる。

ナプキンに見入っていると、女の子が金色の液体の入ったグラスを運んできた。

「あぺりてふの……シャンパン……です」

あぺりてふ？　ああ、アペリティフ、食前酒ね。

たどたどしい口調で一生懸命に説明するのが可愛くて、やわらかな気持ちになる。

「ありがとう」

お礼を言うと、ほんのり頬を赤くしてぺこりと頭を下げ、ちまちまとてとて歩いてカーテンの後ろへ消え、今度はおもちゃみたいな小さな白いカップに入ったオレンジ色のスープを持ってきた。それを慎重に、慎重に、テーブルに置く。

「メロンの……れいせいスープです」

冷静？　いや、冷製か。

小さなウエイトレスさんの愛らしさにゆるむ口もとへ、カップを運ぶ。芳醇《ほうじゅん》なメロンと涼しげなミントの香りがして、甘く冷たいスープがとろりと舌をすべり、喉《のど》へ流れて落ちて――。

コマチは――目を見張った。

……なにこれ、美味《おい》しいっ。

口いっぱいに広がる甘い余韻に、思わず身震いする。

また一口。

やっぱり美味しい。

もう一口。

爽やかなミントの香りも、メロンの甘さも、とろりとした喉越しも、全部たまらない。

あっというまに飲み終えて、名残惜しさとともにつぶやいた。

「このスープ、ものすごく美味しい」

分厚いカーテンの向こうから、尊大な笑い声が聞こえてきたはそのときだった。

「そ、そうであろう！　そ、そうであろう！」

雷のような哄笑《こうしょう》がとどろき、低く太い声が、そうであろう！　と偉そうに繰り返す。

「コマチよ、おまえはまっとうな味覚を持っておるのだよ。高貴な私が作った至高の料理の数々を味わえることを感謝するがよい」

コマチは驚いてカーテンを凝視してしまった。

分厚いカーテンの向こう側は見えない。けれど声は確かにそこから聞こえてくる。この向こうに屋敷の主人が――bêteがいるのだ！

自分が婚活中だったことを思い出す。

いきなり『おまえ』呼ばわり？

口調も偉そうで、初対面からモラハラ感満載だ。

よほど心が広いか奇特な嗜好《しこう》の女性でないかぎり、こんなに威張り散らした相手と結婚するなんてありえないと判断するだろう。

もちろんコマチも『ナシ』だと思った。日本語に不慣れだとしても、これはない。

そんなコマチの気持ちなどどこ吹く風で、相手は気持ちよさそうに話している。

「次の料理も、私を伏し拝みたくなるほど絶品なのだよ。ここは気軽なビストロであるから、マナーなど気にせず床に這《は》いつくばって私を讃《たた》えてもよいのだよ」

この人、婚活するつもりあるの？

コマチのほうは、とっくにその気が失《う》せている。

そこへカーテンの裏から出てきた女の子が、鈴をリン……リン……と鳴らして、ちまちまとてとて歩いてきた。両手で持った銀のトレイから、丸いパンと、白いプレートに盛った料理を慎重に慎重にテーブルに置く。

この子はこのお屋敷で、あの偉そうな『けだものさん』と暮らしているのかしら？

本人は『しもべ』だと名乗っていたけれど、児童相談所に通報すべきでは？

またカーテンの向こうから尊大な声がとどろいた。

「夏野菜のサラダ、完熟トマトスープ風味なのだよ。心して味わうのだよ」

一応ご馳走《ちそう》になっているのだから愛想笑いを浮かべようとするが、どうにも口の端が引きつる。

いただきますと言って、スプーンを手にとり、あらためて皿に目を向けた。

わ……綺麗《きれい》……。

わずかに深みのある白いプレートに、赤いスープが広がっている。その上に皮をむいて乱切りにしたきゅうりや、赤と黄色のパプリカ、つやつやしたナスやズッキーニや大きな空豆が円の形に盛られ、そこに絹のように薄くなまめかしい生ハムが重ねてあった。

スプーンで円を崩すようにして、まずきゅうりとパプリカを一緒にすくい口に入れる。

「お、美味しい……」

思わず声がこぼれた。

スープの鮮烈な色合いとは裏腹に、オリーブオイルであえたきゅうりとパプリカはみずみずしく優しい味わいで、しかもひんやりと冷たく、ほてった体を冷ましてくれる。

「夏はきゅうりを食べるとよいのだよ。きゅうりは体の内側にこもった熱を運び出してくれるのだ。庶民的なきゅうりも高貴な私が調理すれば、夏の王冠のように輝く極上の一品になるのだよ」

カーテンの向こうから聞こえてくる声は変わらず偉そうだが、悔しいことにサラダが絶品なのは間違いない。きゅうりをこんなに美味しいと思ったのは初めてだ。肉厚のパプリカもオリーブオイルがしみたナスも、歯ごたえのあるズッキーニもつるっとした空豆も、全部美味しい！

さらに完熟トマトの冷製スープはわずかにニンニクの風味がして、ほんの少し酸味もあって、夏野菜と一緒に食べると味わいが変わる。力強く、爽《さわ》やかな感じだ。

野菜の上にしんなり置かれた生ハムを、きゅうりやズッキーニにまきつけて口へ運ぶと、ハムの塩気が抜群の旨《うま》みを舌先にもたらす。

しょっぱいハム、みずみずしい野菜、酸味のあるスープ。

それぞれの食材が重なり合い、響き合い、まさに夏の王冠のようにきらめいている。

「あーもう、美味しいっ。生ハムの塩っ気、最高！　トマトのスープもピリッとして美味しい、たまらない！」

悔しいけれど絶賛が止まらない。

美味しいものは美味しいのだから仕方がない。

ついでにパンも美味しい。ほっこりあたたかく、丸くてふわふわで癒《いや》される。パンでスープをぬぐったり、生ハムを載せてたべるのもまたいい。

「そうであろう、そうであろう。ハムもむろん自家製だ。高貴で偉大な私がこの手で塩漬けし、燻製《くんせい》したのだ」

声は際限なく偉そうだ。

カーテンの向こうでふんぞりかえっているんじゃないか？　カーテンは厚みがあって中の様子は見えないが、コマチは天井にそぉーっと視線を向けてみた。

天井の鏡に、カーテンのあちら側が映っているのだ。銀色の調理台や、その上に並べられた食材、調味料の瓶らしきものもいっぱい並んでいて、そのひとつをふさふさした灰色の手がつかんだ。

え？

コマチは目をしばたたかせた。

一度視線をテーブルの料理へ戻し、胸の鼓動を鎮めてから、またそっと天井へ向ける。

今度は灰色の毛でおおわれた長い尻尾《しっぽ》らしきものが見えた！

その尻尾が、ふさふさゆらゆら揺れている。

え？　ええええっ？

カーテンの向こうに灰色の大型犬でもいるのだろうか？

「あのっ、い、犬は、お好きですか？　わたし結婚したら犬を飼いたいと思ってて。その、うんと大きなやつを」

「ああ、好きにすればよいのだよ。私は犬にも猫にも興味はないが、妻の願いを叶《かな》える寛容さは持ち合わせておるのだよ」

会話のあいだも、天井で灰色の尻尾がぴょこぴょこ揺れている。

って、もしかして結婚すること前提で話が進んでる？

そのことにも焦りながら、揺れる尻尾が気になってたまらず、コマチは言った。

「あはは、そうですね、わたしたち婚活中でしたものね。なら、そろそろカーテンの後ろから出てきてお顔を見せてくれませんか？　ちゃんとご挨拶《あいさつ》したいので」

相手の声のトーンが急に下がった。

「コマチよ、それがおまえの望みであるのだな？」

「え、ええ、まぁ」

「私の姿が見たいのだな？　おまえが望んだのだぞ。そこのところを理解しておるか？」

「は、はい」

「後悔はないな」

こんなに念を押されると心配になってくる。撤回したほうがいいのだろうか。でも尻尾が気になるっ。

「ありません。ぜひ bête さんのお顔を見てお話ししたいです」

コマチは勢いで言い切った。

「よくぞ申した！　その恐れ知らずの心こそ、私が妻に求めるものなのだよ。コマチよ、おまえの願いを叶えよう。我が姿をとくと見るがよい」

分厚いカーテンが左右に開き、向こう側がすっかり見渡せるようになった。

食材を置いた調理台の横に、コマチが気になってたまらなかった人物の姿がある。

コマチはたちまち悲鳴を上げた。

なぜなら、白いシェフコートに身を包み、料理の載った皿を片手にふんぞりかえっていたのは、ライオンのような灰色のたてがみをはやした――まさにけだものと呼ぶにふさわしい生き物だったからだ。

見上げるほどの巨体で、頭にねじれた二本の角が、口の両脇から鋭い牙《きば》が生えていて、上着の裾《すそ》からはみ出した尻尾はふさふさと長い。

人間ではない！

けだものだ！　怪物だ！

コマチが悲鳴を放ったことが怪物は不満な様子である。

「ええい、やかましいのだよ。コマチが私の顔を見て縁談を進めたいというから望みを叶えてやったのに、その態度はどうなのだよ」

コマチは首をぷるぷると横に振った。

縁談を進めたいなんて言ってないし、進めたくない。

三十五歳目前で結婚を焦っていても、怪物の嫁はあんまりだ。家族にも友人にも紹介できない。

全部なかったことにして今すぐ帰ろうと席を立ちかけたとき——チリン……と鈴の音が儚《はかな》げに鳴った。

メイドの女の子が眉根《まゆね》を寄せて哀しげな表情を浮かべている。

大きな瞳《ひとみ》がちょっぴりうるんでいる。

この子がなぜこの屋敷にいて、自分のことを『しもべ』だなんて言うのかわからないけれど、こんな小さな子を置いて逃げるわけにはいかない。

それにコマチがいきなり出口へ駆け出したら、怪物が激怒して、ますます厄介なことになるかもしれない。ここは怪物の機嫌をとりつつ、穏便に屋敷を出るべきだ。

「大きな声を出してごめんなさい。ちょっと驚いちゃって」

椅子に座り直し謝罪の言葉を口にすると、怪物は、ふん……と鼻を鳴らした。

「まぁ……よい。それより、高貴な私が腕によりをかけた料理がさめてしまうのだよ」

口調も態度も変わらず横柄だが、コマチが怖がるのをやめたので（実際は怖かったのだが）怪物は安堵《あんど》したようだった。

料理の皿を怪物自らコマチの前に、どすんと置き、恥ずかしそうにそっぽを向いて、それからまたコマチの顔色をうかがうように、ちらちら見てくる。

そんなあたりまえの人間っぽい仕草に、コマチの恐怖も少しやわらいだ。

きっと怒らせなければ平気だ。

それに皿から立ちのぼるバターの香りが、魅惑的すぎる。

「ホタテのムニエル、ブールブランソースなのだよ」

薄い衣をまとった肉厚のホタテの貝柱が、磯とバターの香りをこれでもかと振りまいている。ほんのりレモンの香りもして――白いソースに散らばる擂《す》り下ろした黄色い皮、これがレモンだろう。

熱々のホタテに、バターとレモン！　絶対美味《おい》しい！

「いただきます」

びっくりするほど肉厚でぷりぷりした食感のホタテを、コマチはナイフとフォークで切り分けた。

切り口からじゅわっと汁がしたたり、磯の香りがいっそう濃くなる。まだあたたかいそれを口に入れると、濃厚な海の幸の味わいとバターとレモンの味がからみあう。圧倒的な旨みにコマチは声を上げた。

「おいっっっしいぃぃぃぃ」

そっぽを向いてちらちらしていた怪物が体ごとコマチのほうへ向き直り、シェフコートからはみ出たふさふさの尻尾を揺らす。

「そうであろう！　そうであろう！」

メイドの女の子も頬をほんのりゆるめる。

二人の反応に、コマチも嬉《うれ》しくなってしまった。それにホタテもソースも本当にとびきりだ。

「ムニエルは食材に粉をまぶして旨みをぎゅーっと閉じ込める料理なのだよ。ブールブランはバターのソースで、白ワインやビネガーを入れて香りと酸味を出すのだ。このムニエルにぴったりのソースなのだよ」

怪物が尻尾をぱたぱたさせて語る。

「うん、ぴったり！　付け合わせのズッキーニとブロッコリーも美味しい。このブロッコリー、外は硬いのに中はほろほろしてる。ズッキーニもとろとろ」

「粉チーズをふりかけて揚げ焼きにしたのだよ。冷野菜もよいが温野菜も、高貴な私の手にかかれば魔法のように素晴らしくなるのだよ」

「うんうん」

本当に美味しいので、うなずきながら料理を口に運ぶ。

怪物は尻尾を振りながら、

「次のメインはさらに素晴らしいのだよ」

と嬉しそうに言い、そそくさとキッチンへ戻っていった。

カーテンは開いたままなので、調理の様子をライブで見ることができる。

怪物はもじゃもじゃの手で器用に野菜を切ったり、フライパンを火にかけたりしている。メイドの女の子も野菜を渡したりして、お手伝いしているようだった。

なんだか微笑ましい……。

「ところでコマチよ。おまえに大事なことを伝えておかねばならぬのだよ」

怪物が人参《にんじん》の皮をピーラーでしゅるしゅるむきながら、重々しく言う。

「私は今はこのような姿をしておるが、これは仮の姿で、実際の私は神のごとき美青年の王子さまなのだよ。髪もくすんだ灰色ではなく、金色できらきらしているのだよ」

へ？　王子さま？

金髪で、きらきら？

「性悪な仙女《せんにょ》が私に魔法をかけて、こんな醜い姿にしてこの屋敷に閉じ込めたのだよ。

仙女はぼっちの引きこもりだったから、取り巻きに囲まれて毎日パーティーしていた私を妬《ねた》んだに違いないのだよ」

今度は仙女？

王子さまが魔法で醜い獣に変えられるなんて、まるで映画にもなったあの名作童話みたいだ。

「この姿の私にまことの愛を誓い結婚してくれる相手がおれば、私は金髪の王子さまに戻れるのだよ」

ますますあの童話とかぶる。

そういえば、あの話は薔薇《ばら》の花が重要なモチーフになっていて、この屋敷の庭にも薔薇が咲き乱れていた。

コマチの口からタイトルがこぼれる。

「それ『美女と野獣』みたいね」

フライパンを振っていた怪物の巨体がぴくりと揺れ、停止する。じゃがいもを積んだカゴを抱えていた女の子も、しゅんとうつむいてしまった。

え？　やだ、わたしなにか悪いこと言っちゃった？

コマチは慌てて、

「でもほら『美女と野獣』はベルが野獣と結婚の誓いをして、野獣は王子さまに戻ってハッピーエンドだから。あなたもきっとベルみたいな相手が現れて、金髪の美青年に戻れるわよ」

　フォローしたつもりだったが、怪物は思いっきり苦々しい顔つきになり、女の子もますますしょんぼりしてしまう。

「ハッピーエンドなどなっておらぬのだよ。ベルは病気の父親の見舞いに里帰りしたきり帰ってこなかった。必ず一週間で戻ると、あれほど固く約束したのに」

「え？　ベルはお姉さんたちに邪魔されて約束の日までに戻れなかったけど、死にかけた野獣のもとへ駆けつけて、あなたの妻になりますと誓ったんじゃ……」

　コマチが知っている本や映画の中では、そうだった。

　ベルを失った哀しみのため、食事もせずに屋敷の庭に横たわり、そのまま死のうとしている野獣にすがりつき、まことの愛を告げるのだ。

　そのとたん屋敷の窓という窓に明かりがともり、花火が上がり音楽が聞こえ、醜い野獣の代わりに美しい王子が横たわっていた。

　王子はベルにお礼を言い、二人は結ばれ末永く幸せに暮らす――『美女と野獣』はそういうロマンチックな物語のはずだ。

「ふんっ」

　怪物――いや野獣は鼻を鳴らした。

「ベルが一週間経っても帰らなかったので、私は庭でフテ寝していたのだよ。醜い野獣として生きながらえるより、いっそこのまま死んでしまおうと考えたが、十日過ぎても一ヶ月過ぎても、ついには半年過ぎても、腹がひたすら減って寒いだけで死ねなかった。

性悪仙女は、私から死の安息さえも奪ったのだ。そして大嘘つきのベルは、私に永遠の愛を誓う代わりに永劫《えいごう》の苦しみと教訓を与えた」

野獣が尻尾《しっぽ》でぴしり！　と床を叩《たた》く。メイドの女の子は自分がぶたれたみたいに、きゅっと肩をすぼめた。チリン……と鈴が鳴る。

「おとなしく清純そうな若い娘はもう、ずぇぇぇったいにっ！　信じないのだよ！」

「そ……そう、あなたも大変だったのね」

ベルと野獣が、結ばれていなかったなんて。

きっと大衆はハッピーエンドが好きだから、魔法が解けて結婚するエンディングにしてしまったのだろう。野獣が庭に倒れたままエンドマークが表示されエンディングテーマが流れたら、後味が悪すぎる。映画もヒットしない。

けれど実際は後味の悪いほうが本当で、半年も庭で空腹のままフテ寝してただなんて辛《つら》すぎる。

「それでその、ベルに振られてから今までどうしてたの？」

傷をえぐってはいけないと思っても、気になって尋ねずにいられない。

「ふんっ、あんな恩知らずな娘のことなぞ吹っ切って、腹がはち切れそうなほど食べまくってやったのだよ。この屋敷は主人である私が望めば、どんな美食も思うがままだからな。そうして体調も万全になり、あらためて花嫁にふさわしい裏表のない勇敢な女性が屋敷を訪れるのを待つことにしたのだよ」

え？　待ってるだけ？

コマチのツッコミは口には出なかったが的確だったようで、女性どころか旅人がやってくることさえめったになかったという。

暇を持て余した野獣は、庭の手入れをしてみたり、屋敷の模様替えをしたり、世界の名著という名著を取り寄せ辞書を引きながら読んでみたり、庭を走ったり体操したり筋トレしたりして時間をつぶしていたという。

「獣に変えられたとはいえ私は高貴な身だ。教養を高め心身を鍛えることを怠ってはならぬのだよ」

料理を作る手を動かしながら偉そうに言うが、ふさふさの毛におおわれたいかつい野獣がスクワットや腕立て伏せをしている姿を想像し、コマチは必死に笑いを堪《こら》えた。だがすぐに反省する。

一人きりの時間を持て余すのは辛いよね……。

わたしもそうだったもの……。

小野コマチだなんて大層な名前を古典好きの両親につけられてしまい、名前に負けないように、お洒落《しゃれ》も勉強もスポーツもポジティブに頑張ってきた。

常に明るく、前へ前へ出て周りを引っ張ってゆく。

社会人になってからも人の三倍分の仕事を引き受け、徹夜した翌日に海外旅行に出発したり、女子会で盛り上がったり、彼氏とデートしたり。

野獣が王子さまだったころ、大勢の人たちに囲まれてパーティーに明けくれていたように、コマチの世界も輝きに満ち、自分はその中心に立つヒロインのつもりでいた。

――わたしの名前は小野コマチ。なんと、あの世界三大美女の小野小町《おののこまち》のコマチよ！

自分からネタにすることで、みんなすぐにコマチの名前を覚えてくれたし、仕事でも役に立った。

おっ、三大美女のコマチさんじゃないかと、取引先の偉い人たちの受けもよかったし、サバサバして前向きで面倒見のよいコマチのキャラは女子からも親しまれた。

十年以上交際していた彼氏とは、三十五歳に結婚するつもりでいた。お互い自立心が強く、恋人であると同時に親友のように気楽で頼もしく、同じ歩幅で人生を歩いてゆける相手だと信じていたのだ。

なのに会社の上司に意見したところ、不興をかってリストラに追い込まれ、さらに恋人はコマチの後輩の二十代の女の子と結婚するという。

——先月から一緒に住んでるんだ。

そう打ち明けられたときの衝撃といったら、世界がひっくり返ったみたいだった。なにもする気になれず、一人暮らしのマンションに一ヶ月も引きこもっていたほどだ。仕事も恋人もなくして、友人たちとの連絡も絶って——あれだけ毎日忙しく過ごしてきたのに、することがまったくなくなってしまった。

一日が四十八時間あればいいと思っていたのに、十時間でも長すぎる。

長い。

暇。

退屈。

まだ三十分しか経ってない。

なにもしてないのに怠《だる》い。

疲れた。

たった一ヶ月でコマチはうんざりしてしまったのに、野獣ははるかに長い年月を——もしかしたら百年とか二百年以上、この屋敷から出ることもできず、退屈をもてあましていたのだろうか。

そう考えたら、胸がぎゅーっとしてしまった。

なんて気の毒な人だろう。

けど、ここでまた疑問が浮かんだ。

「『美女と野獣』って確かフランスのお話よね？　あなたはどうして日本にいて日本語を話しているの？」

野獣が顔をしかめる。

「それは私にも謎なのだよ。ここ数十年ほど屋敷に迷い込んでくる人間は東洋人ばかりで、最初は言葉もわからなかった。そこで教材を山のように取り寄せて、彼らの言葉を習得したのだよ」

もはや魔法なのか便利な宅配便なのかわからない。ともあれ時間だけはたっぷりあったので、野獣は日本語を熱心に学び、こうして会話できるまでになったという。

「それは立派ね」

コマチは素直に感心した。

野獣がシェフコートのボタンがはじけそうなほど胸をそらして、

「王子が出てくる映画を千本以上見て、十年かけて王子の言葉遣いを習得したのだよ」

と自慢するが、これは苦笑いするしかなかった。

教材の選択を間違えたんじゃ……とは言いにくい。

日本語を完璧《かんぺき》に（？）身につけた野獣は、相変わらず屋敷に迷い込んでくる人を待っていたという。以前は旅人ばかりだったが、東洋人が来るようになってからは学生が増え、他にも老人、夫婦、子供たちと全年齢になった。

それはきっと植物園を訪れた人たちに違いないとコマチは推測した。

どういう仕組みかは謎だが、野獣の屋敷は植物園の中に存在しているのだ。

ある日、迷い込んだ学生がスマホを落としていった。これはなんなのかと調べ、自分もスマホを取り寄せてみた。

どうやってインターネットに繫《つな》いだのか、どの会社のどの料金プランで契約したのかも謎だが、野獣はスマホを通して外の世界と交流できるようになった。

これは大きな前進である。

「なんと婚活アプリを使えば、私の魔法を解いてくれそうな女性を検索し放題、交際も申し込み放題なのだよ！」

さっそくアプリに登録し、婚活をはじめたという。

ところが、片っ端からメッセージを送ってもまったく返事がない。

最初のころはプロフィールの職業欄に堂々と『王子』と記入していたというから、当然だろう。それどころか『私の魔法を解いてくれる心優しく勇気ある女性を熱烈希望』とも記入していたという。

ふざけていると思われても仕方ないし、本気だったら怖すぎる。お断りのメッセージさえためらう女性の気持ちがコマチにはよくわかる。

が、野獣は自分が無視されるのが納得できなかったようで、アプリの会社が提供している婚活用チャットＡＩに尋ねてみたという。

するると、

『現代の女性は、パートナーの男性に家事能力を求めています。夫と妻の両方が働き、家事も育児も分担する。そのような関係を理想としています。なので趣味が料理の男性などは大変好まれるでしょう』

そんな答えが返ってきた。

「ふんっ、いまいましい仙女にこの屋敷に幽閉されてから、私は料理の腕は特に磨きをかけてきたのだよ。世界のあらゆる食材を取り寄せ、芸術的な料理の数々を作り上げてきたのだ」

「そ、そうね、どのお料理もびっくりするほど美味《おい》しかったわ」

「当然なのだよ」

野獣がまたふんぞりかえり、メイドの女の子もほんのり頬を染めて、こくり……とうなずいた。チリン……と鈴が鳴る。

「そこで私は職業を隠れ家ビストロのシェフと詐称し、これぞと見込んだ女性を、店で料理を振る舞うと言って誘《おび》き寄せることにしたのだよ」

詐称だの誘き寄せるだの、どう聞いても犯罪者の言葉だ……。

コマチは頭が痛くなってきた。

「えーと、わたしのどこを見込んでくれたの？」

もうすぐ三十五歳になる三十四歳。

プロフィールには『丸の内勤務《まるのうち》』と以前の仕事を記入しておいたけど、実際は無職だ。百六十四センチ四十八キロのスタイルは悪くなく、メイクを頑張ればそれなりに華やぐけれど、際立った美人というわけではない。

自分のアピールポイントは前向きさと明るさ、突進力、そんなものだとコマチはずっと思ってきた。

けれど今は、それもない。

野獣は偉そうに答えた。

「高貴な私のメッセージに、すぐさま返事を寄越《よこ》す礼儀正しさと聡明《そうめい》さなのだよ。そういう先見の明のある女性は五十人に一人ほどしかおらぬ。私の招待に応じてディナーにやってくる女性となるとさらに少ない。安心するがよい、コマチは私の厳しい審査を着々とクリアしておるのだよ」

それって手当たり次第メッセージを送って、返信してきた相手を誘ってるだけじゃない！

そもそもコマチの返信が早かったのは、自宅に引きこもっていて暇だったからで、怪しいディナーの誘いに乗ってしまったのも、三十五歳が数ヶ月後に迫り結婚を焦っていたからだ。

聡明どころか、浅はかな愚か者だ。

「わたしの前にも誰か来たの？　その人たちとはうまくいかなかったの？」

野獣と女の子が、同時にうなだれる。

今のは意地悪で失礼な質問だったと、コマチも罪悪感にかられた。

野獣はいかつい肩をぶるぶる震わせている。

「高貴な私が出迎えてやったのに、みんな『化け物!』と叫んで逃げていったのだよ。この私が前日から食材を仕込み、テーブルのセッティングもして待っておったのに……」

女の子がもう一段、下を向く。

あの薔薇《ばら》のナプキンは、野獣が毛むくじゃらな手で折ったらしい。今までの女性たちはそれを見ることもなく逃走した。だからコマチのときはカーテンの後ろに隠れていたのだ。

コマチが料理を褒めたら嬉《うれ》しそうに『そうであろう、そうであろう』と尻尾《しっぽ》をぱたぱた揺らしていたことや、顔を見て話したいというコマチに『それがおまえの望みであるのだな?』と何度も念を押したことを思い出して、コマチはまた胸がきゅっとした。

自慢の料理をようやく振る舞うことができて、野獣は本当に嬉しかったに違いない。コマチに姿を見せたらまた逃げられてしまうのではないかと、きっと心配でたまらなかったのだろう。

うなだれている野獣を励ましたくて、コマチは言った。

「そうね、うまくいかないときは、とことんうまくいかないし、落ち込んじゃうよね。

わたしも婚活をはじめてみたけど、惨敗続きでさ。普段はこんなひらひらした可愛い服は着ないし、こんな小さいバッグじゃなにも入らないし、靴も歩きにくくて足があちこちすりむけて大変よ。男の人は控えめで聞き上手な女性が好きだから、ぐいぐい行かないように気をつけて、『さすがですね』『知りませんでした』『すごいです』って、婚活さしすせそを繰り返してさ。でも、もとの性格がでしゃばりでガサツだから、やっぱり付け焼き刃で不自然なんだろうなぁ。いつも一回会ったあと、連絡が途切れちゃうの」

自虐話を、からりと明るい口調で語ってみせる。

一回目のお茶のあとに『お互い婚活を頑張りましょう。コマチさんがよいかたに出会えることを祈っております』なんてメッセージをもらったこともある。『時間ができたら連絡します』と言って、そのまま音信不通になった人もいた。

「婚活する前のわたしなら、相手から連絡がなかったら、こっちから『今度いつにします？』って連絡して、お店も時間も場所も、わたしのほうでさっさと決めちゃったと思う。でも……これからは控えめでおとなしい女性になろうって思ってたから……」

喉《のど》に硬くて苦いものが込み上げて——それでも笑ってみた。

ここで暗い顔をしたら、空気がいっそう湿っぽくなる。

世界三大美女のコマチですと、さんざんネタにしてきたように、ふれられて嫌なことは自分から明るく口にしてしまうほうがいい。

「あはは、実は二十代のころから十年以上付き合っていた彼氏がいたんだけどね、わたしの会社の後輩の女の子と結婚するの。その子が、わたしと見事に正反対で、おとなしくて控えめで、優しくていい子なんだ。あの子ならまぁ、仕方ないかなって」

コマチが語るのをむっつりした顔で聞いていた野獣が、口を開いた。

「ふんっ、そんなのとっくに知っておるのだよ」

「え？」

「コマチが会社をリストラされて無職なのに見栄をはって丸の内ＯＬを詐称していたことも、面倒を見ていた後輩に恋人をあっさり奪われたことも、お人好《よ》しにもそいつらの結婚式に出席すると約束したことも、全部お見通しなのだよ」

「えええええっ！」

なんで？　わたし、そんな匂わせメッセージをした？　してないよね？　どうして！

大混乱のコマチの手に、冷たくてやわらかなものがふれた。

メイドの女の子がいつのまにかコマチの近くにいて、小さな手をコマチの右手に重ねている。

心配そうに——まるで慰めてくれているみたいに。

こんな小さい子に気をつかわせてしまったことにも動揺したが、それよりもなぜ野獣がコマチの事情を知っているかだ。

野獣のほうへ向き直ったとき、さらに信じられないことが起こった。

壁と天井に張り巡らされた鏡に、コマチの元カレの秋二《しゅうじ》と、その秋二といつのまにか同棲《どうせい》していた後輩の小林結菜《こばやしゆいな》の姿が映し出されたのだ。

顔を右にそむけても左にそむけても、どの鏡にも、すまなそうな顔をした二人が映っている。しかも、これはコマチが実際に見た光景だ。

朝から細かな雨が降っていた六月のあの日――秋二に話があると言って呼び出された。

場所は、二人でよく仕事帰りに待ち合わせをしたカフェだった。

コマチはその二日前に会社をリストラされたばかりで、そのことをまだ秋二に伝えていなかった。

秋くんの話ってなんだろう？　口調が真剣だったけど、もしかしてプロポーズ？　三十五歳になったら結婚しよっか、って前から言ってたし。会社もリストラされたし、ちょうどいいかも。新しい仕事先は結婚してから考えよう……。

ところが、コマチがカフェに到着してみると、秋二は先にテーブル席についていて、隣になぜか結菜が座っていた。

鏡に、二人を見て驚くコマチの姿が映る。

――あれ、小林さん？　どうしたの？　もしかして新しい会社でなにかあった？

結菜は以前はコマチと同じ部署で働いていたが、おとなしい性格で、上司からモラハラやセクハラの対象にされ、トイレでこっそり泣いたりしていた。

コマチは結菜を庇《かば》って上司に意見し、他の女子たちから『さすがコマチさん』と賞賛されたが、結菜は結局会社にいられず辞めてしまった。

新しい仕事先は、秋二の会社と取引がある会社の事務で、秋二を介してその仕事を紹介したのもコマチだった。

いい子なんだけど内気すぎて心配だから、秋くん様子を見にいってあげて、と頼んでいて。だから二人が気まずそうに並んで座っているのを見て、結菜がまた辛《つら》い目にあっているのではないかと思ったのだ。

コマチが結菜の向かいの席につき、「わたしは小林さんの味方だからなんでも言って」と身を乗り出すと、結菜はうるんだ目を伏せ、消え入りそうな声で、

——ごめんなさい……。

と言った。

そんな結菜の手を秋二が握り、やっぱり申し訳なさそうにコマチを見て、言ったのだ。

——オレとユイは、先月から一緒に住んでいるんだ。十月に内輪で簡単な式をあげるつもりだ。今日、教会の予約もすませてきた。

鏡に映るコマチの顔は、ただただ茫然《ぼうぜん》としていた。

ああ、わたし、あのときこんな顔をしてたんだ。

だって秋くんがなにを言っているのか、よくわからなかったから。

慣れない職場で働く結菜を手助けするうちに、好きになってしまったのだと秋二は言った。その言葉にごまかしはなく、ただコマチへの申し訳なさだけが声にも表情にもにじんでいて。

秋くんは、きっと小林さんのことを放っておけなくなってしまったんだな、とコマチは思った。

小林さんはわたしと違って、おとなしくてか弱くて、上司にモラハラされてもじっと耐えてしまうような女の子だから。自分が守らなければと秋くんが思っても仕方がない。

それに小林さんは控えめで優しくて、たまに見せてくれる恥ずかしそうな笑顔がとても可愛くて、特別だったから。

わたしみたいに、大口を開けてケラケラ笑って、前へ前へ出てゆくような図太くて仕切り屋の女より、好きになって当たり前だ。
わたしだって小林さんみたいな子をお嫁さんにして、ばりばり働いて守ってあげたいと思うもの。

——コマチは、オレがいなくても平気だろ？　友達も多いし仕事も忙しいし、最近は月に一度、会うか会わないかだったよな。オレも、コマチはコマチで楽しんでるし頑張ってるってわかってたから、心配したり不安になったりしなかったし。

鏡に映るコマチが、口を開けて笑う。

——あはは、そうだね！　わたしも秋くんと会わなくても全然平気だったし。もう友達みたいな関係だったよね。

明るく、明るく、ただ明るく振る舞うことだけを念じ続けた。

——おめでとう！　秋くんなら小林さんを安心して任せられるよ。

——コマチさん……わたし、申し訳なくて……。

――もうっ！　泣かないのっ。秋くんとはとっくに終わってたんだよ。それでも一応元カレだからさ。ヘンな女に引っかかったりしたら、元カノのわたしの価値も落ちるでしょ。だから秋くんが選んだのが小林さんでよかった。

ああ……ちゃんと笑えてる、よかった。
鏡の中の自分を見ながら、コマチは息が止まりそうな切なさとともに安堵《あんど》した。
きっと秋二にも結菜にもコマチの本心は気づかれていない。
二人は、できたらコマチに結婚式に出席してほしいと言った。
鏡を見ているコマチの胸が、ナイフで突き刺されたようにズキン！　とする。
あのとき、本当に胸が痛かった。
哀しかった。
泣きたかった。
それでも鏡の中のコマチは明るく笑うのだ。
――もちろんよ！　招待状を送ってちょうだい！
さんざん強がった反動で、しばらく抜け殻のようになっていた。

新しい仕事を探す気になれず、自分が結菜のように控えめでか弱い女の子だったら秋二は一緒にいてくれただろうか、もう働かなくてもいい、オレが養ってやると言ってくれただろうかと、未練がましいとわかっていても考えずにいられなかった。

仕事にしても、みんなが言いにくいことを上司に意見して、周りから頼りにされているといい気になっていたけれど、面倒なことは全部コマチさんに押しつければいいと思われていたのかも。

でしゃばって前へ前へ出過ぎて、リストラされてしまった。

わたしは秋くんにも会社にも、いらない人間だったんだ。

そんなふうに考えてしまったら、体に力が入らなくて。

――もう誰にも会いたくない。一生引きこもってたい。

散らかりまくった部屋で、よれよれのスウェットの上下にぼさぼさの髪という姿でソファーにうつ伏せになり、テレビでだらだら配信ドラマを見ているところまで鏡に映し出されて――コマチはさすがに叫んだ。

「うわぁ、きゃあああ、やめてやめて！」

恥ずかしくて顔から火が出そうだ。

メイドの女の子がびくん！　と肩を撥《は》ね上げる。

「お願い！　もうやめて～」

「ふむ、ちょうどメインの料理も仕上がったことだし、勘弁してやるのだよ」

鏡の中からコマチの恥ずかしい姿が消え、代わりに調理台やテーブルや、シェフコートを着た野獣や、真っ赤な顔で唸《うな》っているコマチが映る。せっかくの婚活服も、こんな情けない顔では台無しだ。

けれど野獣は愉快そうな声で続けた。

「が――言いたいことをはっきり主張するコマチのほうが、本来のコマチらしいのではないか？」

確かに……婚活中はひたすら『婚活さしすせそ』を唱えて控えめにしていたので、こんなに叫んだのは久しぶりだ。

体からすっと力が抜けたら、うっとりするような香りに包まれていることに気づいた。

コマチのテーブルに、野獣がごつごつした大きな手でメインの皿を置く。

赤いテーブルクロスに、白い皿。中には赤茶色のスープにひたったたくさんの豆と、ハートの形の人参《にんじん》がひとつと、マッシュポテト、そして鶏《とり》のもも肉がある。骨付きで、とっても大きい！

「骨付き鶏もも肉のワイン煮込みなのだよ。赤い料理は食べるとパワーが湧いてくるのだよ」

メイドの女の子が、こくり、とうなずく。リボンのリングに下げた鈴がチリン……と鳴る。

もしかして、わたしを励ましてくれてる？

野獣は、ふんっと鼻を鳴らして、コマチを偉そうに見おろしている。

「美味《おい》しそう……。それにいい匂い。匂いだけで酔っちゃいそう」

「極上のワインを使っているのだよ。早く食べて私を讃《たた》えるとよいのだよ」

野獣の口調にも、くすりとしてしまって。

あたたかな気持ちでナイフとフォークを手にする。

やわらかく煮込まれワインの色に染まったもも肉は、ナイフをちょっとあてただけで骨からほろりとはがれた。

小さく切って口へ運ぶ。

すると赤ワインのソースのコクと香りが押し寄せてきて、ジューシーなもも肉が舌でとろけた。

「っっ、美味し～！」

コマチは顔を上に向け、目をぎゅっと閉じた。

「鶏肉がしっとりしてて、やわらかいっ。赤ワインのソースがもうっ、くらくらするほど美味しい！」

今度は大きく切っていただく。

やっぱり美味しい！　赤く色づいたもも肉のやわらかさと赤ワインの気品と味わいに、ひたすら酔いしれる。

白いマッシュポテトを肉と一緒にすくっていただくと、これもまたたまらない！　バターの香りのするなめらかなマッシュポテトに、ほろほろのもも肉に、赤ワインのソースが互いを引き立て合い、溶け合う。

ほくほくとやわらかく煮込まれた赤と白の豆も、ソースをたっぷり吸っていて美味しいっ。

なによりも鶏のもも肉が！　美味しすぎて手も口も止まらない！

あたたかな塊が胃にすとんと落ちて、体の内側からぽかぽかとぬくもってゆく。

パワーがわいてくる！

細胞のすみずみにまで情熱がみなぎっている！

「美味しい、元気出る。情熱が爆発って感じ！　美味しい」

「そうであろう、そうであろう」

野獣が得意げに言いながら、グラスにルビーのようなあざやかな色をしたワインを注ぐ。

赤いワインを飲みながら、赤いワインの香りを吸い込んだ肉を食べる。美味しいに決まってる。

美味しい。ただただ美味しい。

ワインを飲み、肉を食べ、マッシュポテトを食べ、豆を食べ、またワインを飲み、肉を食べ——ハートの形をした甘い人参を、ふふっと笑って口に入れたら、それもワインの香りがして美味しくて、くすぐったい気持ちになって——最後はふかふかのパンでソースをぬぐって食べ終わる。

「はーっ、幸せ。元気出たぁ」

メイドの女の子がほんのり目をなごませる。野獣が胸をそらす。

「そうであろう、そうであろう。コマチの頬もりんごのようにつやつやしておるのだよ」

「それは久々にワインを飲みすぎて酔ってるからよ。婚活中はお酒も控えめにしてたから。ほら、男性は酒豪よりもお酒に弱い女の子のほうが好きだし」

上司に勧められたお酒を断れずに困っていた結菜は、庇護《ひご》欲をそそられて可愛かった。

また胸がチクッとして。

「お酒も飲み会も大得意で、でしゃばりなわたしじゃ、婚活もうまくいくわけないもので、猫をかぶってみたけど苦戦続きで。あはは、見抜かれてたかな」

明るくそう言ったら、野獣がわけ知り顔で指摘してきた。

「いいや、コマチが婚活で苦戦したのは、控えめにしすぎていたからなのだよ」

「え？」

鏡にまた、過去のコマチが映った。清楚《せいそ》な色合いのワンピースを着て、婚活相手とカフェで向かい合っている。相手の男性は女性に慣れていないようで、会話が途切れがちだ。

それでもコマチはでしゃばったりせず、控えめに相手の言葉を待っている。

「うわー、もうやめてって言ったでしょう」

抗議したが、鏡の中の画像は次々切り替わる。全部コマチの婚活中のものだ。

相手の話にひたすらうなずき、「さすがですね」「知りませんでした」「すごいです」「センスがよいですね」「そうなんですか？」と相槌《あいづち》を打ち続けている。

――ぼくばかり話してすみません。コマチさんの話も聞きたいです。

せっかく相手がそう言ってくれたのに「わたしの話なんて……。それより、もっと小《こ》島《じま》さんのお話を聞かせてください、とても楽しいです」と答えるが、作り物めいた笑顔は全然楽しそうに見えない。

――コマチさん、次はどこへ行きたいですか？

――暮林《くればやし》さんにお任せします。

――コマチさんは、和食と洋食と中華のどれが好きですか？

――全部平気です。佐々木《ささき》さんのお勧めのものをいただきたいです。

どの男性も、気まずそうな表情になってゆく。

コマチがあんまりおとなしくて、主張がなく任せきりで、弱っているのだ。

これでは連絡が途絶えて当たり前だ。

今こうして鏡で見てはっきりわかることに、婚活中は気づけなかった。

「どうだ。自分が大きなミスを犯していたことを理解できたか」

「ええ！　だからもう消して」

「素直でよいのだよ」

過去のコマチが鏡から消える。

頰が熱を帯びているのは、ワインのせいだけではないはずだ。

メイドの女の子がおずおずと差し出したグラスの水をこくりと飲む。冷たくて美味しい。

「あなたの言うとおりね。控えめすぎても相手を居心地悪くさせるし不安にさせるってよくわかったわ。どうしても三十五歳までに結婚相手を見つけたくて、自分を見失っていたのね」

　本来のわたしでは、最短で結婚に辿《たど》り着くのは無理だと思ってしまったから……。

「コマチはなぜ三十五歳にこだわるのだよ」

「それは……」

　コマチが言いづらそうに言葉を濁すと、

「では鏡に聞いてみるのだよ」

　と言われて慌てて、

「やめてぇ」

　と止めた。

「その、秋くんと小林さんから結婚式の招待状が届いたの。式は十月末で、わたしの三十五歳の誕生日の三日後だった……。出席するって言っちゃったから出ないわけにいかないし」

「ほぉ、そいつらの式までに結婚相手を見つけて、おまえより上等の相手をつかまえてやったと自慢してやりたいと？」

「そうじゃなくて、わたしがリストラされたことがわかったら、二人とも罪悪感でいっぱいになっちゃうでしょう？　秋くんは、わたしがばんばん働いて一人で生活できる女だって信頼してくれてるから、わたしとすんなり別れられたの。それがわたしがリストラされて引きこもってるなんて知ったらどう？　わたしのこと、引きずっちゃうじゃない！　小林さんだって、わたしに申し訳ないから結婚をやめるって言い出すかも。それじゃダメなのよ」

コマチが知っている秋二と結菜は、自分たちだけが幸せになればいいと思えるような人間ではない。そういう二人だから、せっかくの幸せに水をさしてはいけないとコマチは決意したのだ。

「二人が式をあげるまでに、わたしも二人に紹介できるパートナーを見つけて、わたしは一人じゃないし、人生をともにする相手がちゃんといるから、あなたたちも二人で幸せになって、結婚おめでとう！　って心から祝ってあげたいの。二人に安心して結婚してほしいの。それにほら！　もともと三十五歳までに結婚したいと思ってたから、ちょうどいいかなって、あはは」

コマチの言葉に耳をかたむけていた野獣が、ぼそりとつぶやいた。

「……………お人好《よ》しめ」

しかめていた顔が、わずかにやわらいだように見えて——コマチはドキッとした。

「だが、悪くないのだよ」

また心臓が跳ねる。

野獣はさらに表情をやわらげ、口もとをゆるめてコマチを見おろした。

コマチもじっと見上げてしまう。

野獣の野太い声が、鏡の部屋に力強く響き渡った。

すべての鏡に、白いシェフコートを着た野獣の姿が映っている。

「コマチよ、三十五歳までに人生の伴侶《はんりょ》を得たいというおまえの願いを、私が叶《かな》えてやるのだよ。知ってのとおり私は王子で無限の富を持っておる。私の妻になれば誰もがうらやむだろう。秋二と小林さんとやらにも、私が夫であれば誇らしい気持ちで紹介できるのだよ」

最初に見たときには怪物にしか見えなかった野獣が、今は堂々としていてカッコよく見えた。

自信過剰でやりすぎなところもあるけれど、コマチを励ましてくれたし、根は優しいのではないかと思う。

「でも、秋くんたちに『この毛がふさふさした野獣さんと結婚するの、尻尾《しっぽ》もキュートでしょ』って紹介したら、逆に心配されそう」

「野獣ではないのだよ。コマチが結婚の誓いをすれば金髪の王子に戻るのだよ。ふさふさではなくキラキラなのだよ」

「う――――ん……魔法が解けてみないと、あなたのもとの顔はわからないし。魔法が解けるという保証もないよね」

「誓いがまことの心から出たものであれば解けるのだよ。映画の『美女と野獣』でも野獣が王子に変わっていたであろう」

「あれは創作で、あなたはベルに振られたんでしょう？」

「うっ――胸を抉《えぐ》ることを言う女なのだよ」

「ごめんなさい！　けど、会ったその日に結婚の誓いをしろって言われても……」

「コマチには時間がないのであろう？　十月には三十五歳になり、三日後に秋二たちの結婚式に参列するのだろう？」

「そ、それはそう……だけど」

メイドの女の子が野獣の隣で、こくこくとうなずいている。鈴がチリン、チリン、と軽やかに鳴る。野獣のプロポーズを受け入れてほしいと心から願っている様子だ。大きな瞳《ひとみ》でコマチをおずおずと見つめている。

そういう目に、コマチは弱い。

確かに野獣が人間の姿に戻るというのが本当なら、秋二と結菜に婚約者として紹介することもできる。本人が主張するような神の如き美青年でなくても、人間であれば問題ない。言動が無礼なのは、外国人で海外生活が長かったからだとごまかせるだろう。

野獣の言うとおり、コマチにとって悪くない提案なのかも……。

コマチの揺れを見透かしたように、野獣が力強い口調でまくしたてる。

「私ほどコマチに似合いの男はおらぬのだよ。コマチは自分は前へ前へ出ようとする目立ちたがりの、でしゃばりだと言っておるが、それなら私はコマチの百倍でしゃばりだ」

「王子であったときは、目立つことが好きで好きで大好きで、常に注目されておらねば満足できず、おかかえのデザイナーたちに豪勢な服を何千着と作らせておった。一度着た服はもちろん二度と着ない。貧しいものたちに下げ渡したのだよ。みな、涙を流して私の慈悲深さを讃《たた》えていた」

「そう！　かつて私はまばゆい光の中央に立ち、踊り続ける日々を過ごしていたのだ。私についてこれるものなぞ、誰もいなかった。くたくたになって倒れ込むものたちの横で、私は一人華麗なステップを披露してやっていたのだよ」

「コマチよ、わかるか？　私を伴侶とすれば、コマチは自分がでしゃばりだと悩むことはなくなる。コマチの百倍、いや千倍でしゃばりの私が、コマチの隣で踊り続けているのだから」

「いいや、それどころか私はコマチの前を最速で走ってゆこう。一瞬たりとも振り返りはせぬし、待つこともせぬ。コマチは私の後ろから『きゃー、カッコいい！』と歓声を送っていればよいのだよ」

ガラスの部屋に野獣の渾身《こんしん》のプロポーズが、ぐわん！　ぐわん！　と反響する。

コマチは途中からぼーっと聞いていたが。

「ええ……よくわかったわ」

まだぼーっとしたまま答えた。

「ものすごくわかった、理解した、納得した」

野獣の顔が、ぱぁぁぁっと明るくなる。ふさふさの尻尾がぱたぱた揺れる。

「おお、コマチよ。そうであろう、そうであろう」

はしゃぐ野獣を、今度はしっかり見て、コマチはにこやかに言った。

「自分の悪いところがよくわかったわ」

野獣の尻尾が宙に浮いたまま停止する。

「わたしも自分が世界の中心にいて、世界を回せるつもりでいたのね。周りを助けているつもりで、本当は自分が気持ちがいいだけで、一人で突っ走っていたのね」

うんうん、とうなずく。

「これじゃあ本当に誰もついてこれないわよねぇ。わたしも、あなたが一人でしゃべりまくっているのを聞いてて、あ……これは無理、って思ったもの」

「む……無理？　それは、私との結婚がということか？」

コマチは思いきり晴れ晴れとした笑顔で言った。

「うん、無理。ごめんなさい」

宙に停止したまま固まっていた野獣の尻尾が、ぱたりと落ちた。

◇　　◇　　◇

デザートはガラスの器に盛られたヌガーグラッセだった。パウンドケーキをカットしたような形をした、白く冷たい氷菓である。メレンゲと生クリームを固めて作るそうで、アイスよりも軽く、口の中でふんわり溶ける。カリカリのナッツや甘酸っぱいドライフルーツがいっぱい入っていて、雪の上にルビーやエメラルドなどの宝石をちりばめたみたいに綺麗《きれい》だ。

「ああ、デザートも美味《おい》しい……。冷たいけど、冷たすぎなくて……ふわふわしてる」

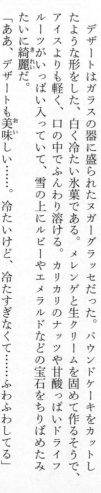

すっきりした気持ちでデザートを味わうコマチを、野獣はキッチンからいじけて見ている。

「なぜなのだよ、なぜ無理なのだよ」

と、ぶつぶつつぶやいている。

最後の紅茶と、小さなマドレーヌまでゆっくり堪能《たんのう》して、コマチは、

「ごちそうさまでした」

と言って席を立った。

「ふんっ、なのだよ。私の求婚を断ったことをせいぜい後悔するのだよ」

キッチンとテーブル席を仕切る分厚いカーテンが閉じ、その合わせ目からちょっとだけ顔をのぞかせて、じっとり睨《にら》みながら野獣が言う。

メイドの女の子が、コマチを出口まで送ってくれた。

来たときと同じように、帰りも長い廊下を進んでゆく。コマチたちが近づくと、扉が次々と開いた。

チリン……チリン……と首のリボンに留めた幅広のリングから下げた鈴を鳴らして、ちまちまとてとて前を歩く女の子の速度に合わせて、ゆっくりゆっくり後ろを歩きながら、コマチは女の子に話しかけてみた。

「あなたは、いつから野獣さんのお手伝いをしてるの？」

チリン……と鈴が鳴って、女の子が立ち止まり、振り向く。

感情の読みにくい表情のまま、それでも一生懸命に、

「ず……ずっと」

と答えた。

「……やじゅうさまが……お手伝い、したら……ここにいても、いいって……言ってくれたから」

大きな瞳がほんのり明るくなる。

「……やじゅうさまは……とても、やさしい……ひと」

「ええ、そうみたいね」

コマチの言葉を聞いて、小さな口もとが花のようにほころんで――。

最後の扉が開いて外へ出ると、うっとりするほど甘く優雅な香りがし、来たときにも見た薔薇《ばら》の咲き乱れる庭園が広がっていた。

美しく剪定《せんてい》された薔薇のアーチや塔は、野獣が自分で整えたのだろう。きっと細かいところまで凝りまくって丁寧に。

女の子が、薔薇の群れに挟まれた小道を指さす。

「ここを……まっすぐ……いけば、だいじょうぶ」

「ありがとう」

「あの……」

女の子が、コマチをぎこちなく呼び止めた。

「なぁに？」

優しく尋ねると、もじもじしながら言った。

「ま、また……きて、ください」

コマチは目を細め、唇をほころばせて約束した。

「ええ、きっと」

女の子が嬉《うれ》しそうな顔をして、ぺこり、と頭を下げる。

チリン……と鈴が愛らしく鳴る。

「ほんじつは、ありがとうございました……またのおこしを、こころより、お待ちしております」

薔薇の小道を抜けると、もわっとする夏の空気に包まれ、植物園の正門の前に立っていた。

振り向くと屋敷も薔薇の園も消えていて、鉄柵《てっさく》の向こうには木々が暗く茂っている。

しばらくそちらを眺めていたが、踵をくるりと返して植物園の高い塀沿いの坂道を歩き出した。

さて、明日《あした》から就職活動に励もう。

三十五歳までに結婚相手を見つけることをあきらめたわけじゃないけど、まずは仕事だ。

コマチの前向きさが生きるような職場に、とっとと再就職を決めて、今度の職場も最高だと秋二たちに報告しよう。

前へ前へ、誇りを持って進んでいこう。

やりすぎないように気をつけながら、やりすぎてしまったら反省しながら、まっすぐ前を見つめて。

そして疲れてしまったり落ち込んでしまったときは、あの不思議な隠れ家を訪ねてみよう。

女の子が、やさしいひとだと言っていた野獣さんが作るお料理は、本当に絶品だったから。

くすりと一人笑いして、コマチはつぶやいた。

「またパワーをもらいにくるのだよ」

第二話　円小路《までのこうじ》雅の採点《ノテシオン》

～真鯛のパイ包み　季節の野菜とともに

「味が少し濃すぎるかしら」

雅《みやび》は優雅に微笑み、涼しげに感想を述べた。

プチシューにつまった鳥のレバーペーストはポルト酒で香りづけしてあり、臭みもなく舌触りもなめらかだ。

その隣の一口サイズのうなぎのテリーヌは表面がキャラメリゼされていて、カリカリと香ばしい。甘辛いタレも和と洋の融合で悪くない。

その隣はミニトマトに飴《あめ》がけしたもので、薄い飴がパリッ……と割れて、甘いフルーツトマトが歯のあいだで、やわらかにつぶれてゆく感じが官能的で素敵だ。

シャンパンと一緒にいただくアミューズとして、小さな楽しさと、小さな驚き、凝縮された美味《おい》しさを兼ね備えている。

点数をつけるなら九十点といったところで、点の辛い雅にしては高得点だ。

なのに、あえて辛口に批評してみたのは、分厚いカーテンの向こうから出てこようとしない婚活相手を、怒らせたかったためだ。

なぜなら人は怒りの感情に支配されているとき、一番本質が現れるから。

四十二歳、バツイチの雅は、美容機器を販売する会社の経営者だ。

銀座《ぎんざ》の一等地にオフィスを構え、裕福なマダムやコレクションで活躍するトップモデルたちに人気の美容サロンも運営している。

大理石のようになめらかな肌に、女性らしい豊満さと上品さを併せ持つ完璧《かんぺき》な肢体。艶《つや》のある髪は、自社のサロンで毎日セットさせている。

常にゆったりと余裕に満ち、優雅な微笑みを絶やさない、美のカリスマ。

それが円小路《までのこうじ》雅だ。

プライベートでは、今も男性の誘いが途切れることはない。

が、雅は再婚するなら、家事を完璧にこなせて、仕事で忙しい雅を癒《いや》してくれる男性と決めていた。

雅にアプローチしてくるのは、家事は女性がするのがあたりまえと思っている頭の固い中高年の男性ばかりで、うんざりしていたのだ。

家事分担を柔軟に受け入れそうな若い男性は、四十代の女社長とでは年齢的にも社会的にも不釣り合いで相手にされないと思っているのか、近づいてこない。

それなら家事に積極的な理想のパートナーを効率よく見つけようと、婚活アプリに登録したのだ。

プロフィールの『雅』は本名だが、職業は『美容関係』とし、経営者であることは伏せておいた。写真も指や顎《あご》や唇、艶やかな髪や、上質のシルクの服に包まれた胸もとをチラ見せする程度にとどめた。それでもじゅうぶん雅の美しさは伝わるはずだ。

プロフィールを公開するなり、ぜひお会いしたいというメッセージが殺到した。

ところが、ここでも相手は五十代、六十代の男性ばかりで、同年代の男性さえ稀《まれ》で、三十代、二十代の男性からのメッセージは皆無だった。

こうした婚活アプリでは、まず相手の年齢で範囲を絞ると知り、雅はだいぶげんなりした。

二十代の男性が、二十代の女性限定とするのは、まだいい。

が、四十代の男性が二十代の女性をターゲットにしたり、五十代、六十代の男性が『三十五歳までの女性』などという条件で検索をかけるのにはあきれてしまう。

そもそも男性と女性では、女性のほうが平均寿命が十年は長い。十歳年上の男性と結婚したら、男性のほうが女性より二十年も早く亡くなってしまう計算になる。そうしたリスクを考えず、若い女性と結婚して子供を産ませようとするのは無責任ではないか。

結局自分よりずっと若い女性を希望する男たちは、自分のことしか考えていないのだ。

雅が二十代のころは、女性のほうが十歳年上という夫婦は珍しかった。

けれど平均寿命で考えたら、女性が十歳上なら、夫婦で同じ時期に逝ける可能性が高い。こちらのほうが合理的で、時代に合っているのではないか。

それに、意識を高く持ち日々の手入れをこなしている女性の方が、同年代の男性より確実に若く見えるものだ。

雅も四十二歳という年齢を言うと、驚かれる。二十代に見えましたはお世辞だろうけど、実年齢より十歳は若く見えると自負している。

雅だけが特別なのではなく、たいていの女性は実年齢よりも若々しい。そして彼女たちをより美しく若々しくするのが、雅の仕事だ。

女子校育ちのお嬢さまが社長だなんて、とあなどられることはいまだに多い。

それでも、どんな相手にも雅は決して優雅な笑みを絶やしたりしない。ゆったり微笑みながら相手を観察し、採点し、使える人間かどうかを冷酷に判断する。

婚活も同じだ。

相手が雅の人生に必要かどうか？　役に立つかどうか？　余裕たっぷりに微笑みながら採点するのだ。

とはいえ、年下男性からの申し込みが皆無なのは問題だ。

子供と孫がいて年金生活中という七十四の男性からの申し込みは、テンプレのお断りメッセージを送っておいた。

五十代、六十代の男性たちも、掃除好きで料理上手な家庭的な女性を求めていて、『年収は十分あるので、結婚したらぜひ家庭に入ってほしいと考えています』などと古臭いメッセージを寄《よ》こしたりする。

きっと結婚したら家事をすべて妻に押しつけて、自分は太りすぎの熊のようにだらだらしているのだろう。

やはり家事能力を望むなら、年下の男性をターゲットにすべきだ。

なので雅のほうから、主に三十代の男性にメッセージを送ってみた。

けれどチラ見せ写真が婚活詐欺でないかと警戒されたのか、それとも三十代の男性にとって四十二歳の女性はとことん範囲外なのか、返事がない。

よく考えてみたら、メッセージを送ったのは雅がプロフィールを見て高評価をつけた男性たちなので、そんな男性にはきっと二十代の若い女性から大量にメッセージが届いているはずで。顔見せNGの四十代の雅に返事がくるはずはなかった。

婚活アプリでの活動に行き詰まり、実際に会って話せるお見合いパーティーのほうが勝機があるのではと思いはじめたころ。

『雅さんのプロフィールを拝見し、共感を覚えました。私は隠れ家ビストロのオーナーシェフをしております。一度私の店でディナーを召し上がっていただきながら、お話しできれば嬉《うれ》しく思います』

そんなメッセージが届いた。

相手のプロフィールを見てみると、顔写真の代わりに薔薇《ばら》の花が咲き乱れる庭園と西洋風のお屋敷の画像があり、『私のビストロです。私もここに住んでいます』と説明がある。

居住地は『都内』になっているけれど、東京都内にこんなに広々とした邸宅を所有しているのかしらと、雅は少しうさんくさく感じた。

出身がフランスで、学歴がフランス王立大学とあるのも怪しい。フランスはとっくに共和制で、王立大学なんてないはずだ。

が、いわゆる名門お嬢さま学校に幼稚園から大学まで在籍していた雅は、桁外《けたはず》れの大富豪を身近に見てきた。なので、この個人の邸宅にしては立派すぎる画像もありえなくはないと思ったのだ。

念の為画像検索してみたが、一致する画像はなかった。

まだ詐欺の可能性は捨てきれないが、相手の『三十二歳』という年齢は魅力的だ。婚活アプリで、四十二歳の雅にメッセージを送ってきたのもポイントが高い。

それにビストロのシェフなら、少なくとも料理は得意だろうし。


こうして夏真っ盛りの八月の夜に、雅は涼しげなシルクのブラウスとタイトなスカートに麻のカーディガンを肩からふわりとかけて、その店を訪れたのだった。

タクシーの運転手に住所を告げると、車は植物園の正門前で停車した。

「その住所だとこちらになります」

「ありがとう。あとは自分で探すわ」

微笑んで、車から降りた。

植物園の前まで来たことをアプリのメッセージで伝えると、すぐに返信があった。

『そのまま正面の門からお入りください』

正面には植物園の門と鉄柵《てっさく》しかない。雅の言葉が伝わっていないのだろうか？

もう一度メッセージを送ろうとしたとき、施錠されていたはずの鉄柵が左右に開いた。

まるで氷の上をすべるように、なめらかにゆっくり――開いてゆく。

その向こうに、先ほどまでなかったはずの光景が広がっているのを見て、雅は目を見張った。

整然と配置された庭に、真夏だと言うのに色とりどりの薔薇が咲き誇り、その向こうに月光を浴びた三階建ての豪邸がそびえたつ。左右対称の西洋建築で、すべての飾り窓が明るく輝いている。

「……どういうことなの」

考えてもわからなかった。

ただ確かにその薔薇屋敷は、そこに存在している。

高い利益を得るには、時に勘に任せた無謀な行動も必要だ。そう割り切り、雅は薔薇のあいだの小道を進み、屋敷へ続く石段をハイヒールの踵《かかと》を鳴らして上っていった。

建物の正面に辿《たど》り着くと、ずっしりと重たそうな扉が雅の目の前で開き、チリン……と儚《はかな》げな鈴の音が聞こえた。

「……おまちしておりました。円小路雅さま」

幼い声でそう述べたのは、メイド服を着た小さな女の子だった。肩の上でそろえた髪に、細く小さな体。表情に乏しく、首に巻いた黒いリボンを幅広のリングで留めて、そこから銀のチェーンを垂らしている。チェーンの先についた銀色の鈴が揺れると、またチリン……と音がした。

小学一年生くらいだろうか？　ここで働いている？　まさか！　大正時代ならともかく、現代ではありえない。

「こちらへ……どうぞ。やじゅうさまのビストロへ……ご案内、します」

やじゅうさま、というのは雅を招いた婚活相手のことだろう。プロフィールの名前が“bête”と入力されていた。

bête はフランス語で、獣、愚か者、という意味だ。

あえてのユーモアのつもりかと苦笑したが、家でも自分のことを「野獣」と呼ばせているの？　ひょっとして野獣が本名なの？

さすがに子供に『野獣』と名付ける親はいないだろうけれど、海外で『bête』は有りなのかもしれない。

メイドの女の子が鈴をチリン……チリン……と鳴らして、長い廊下を小さな足で、ちまちまとてとて歩いてゆく。

途中に仕切りの扉が何枚もあり、それが手をふれることなく次々開いていった。

どういう仕組みなのか考えるのを雅はやめた。

最後の扉が開くと、ホテルのラウンジのような場所に出た。やわらかな間接照明で、アンティークな椅子やソファー、テーブルがゆったりと配置されている。テーブルクロスの赤があざやかだ。

なかなか洒落《しゃれ》た店だが、壁と天井が鏡張りなのはよろしくない。なぜこんなに落ち着かない仕様にしたのだろう。それと部屋の左側を分厚いカーテンで仕切っているのも気になる。あれはなにかしら？

メイドの女の子にすすめられるまま、カーテンの正面の席につく。

この椅子は座り心地がいい。赤いテーブルクロスの上に、白い皿がセットされ、そこに薔薇の形に折り畳んだ白いナプキンが置いてある。


白き薔薇たる雅さま……。


お嬢さま学校にいたころ、そう呼ばれていたことを思い出して、懐かしいようなほろ苦いような気持ちが雅の胸をかすめていった。

もう二十年以上も前だ。

婚活相手が、そんな大昔のことを知るはずがないのだけれど……。

女の子が、アペリティフのシャンパンを運んできて、中身がこぼれないように慎重に慎重に、雅の前に置いた。

月の光のようなやわらかな金色で、細かい泡がゆらゆらとたちのぼっている。

分厚いカーテンの向こうから、野太い声が聞こえてきた。

「ようこそ、私のビストロへ。今日は雅のために腕によりをかけた最高の料理を作るのだよ」

口調がおかしいのと、初対面でいきなり「雅」と呼び捨てなのは、やはり海外の人だからだろうか？　雅の婚活相手は、この分厚いカーテンの向こう側にいるらしい。さりげなく天井へ視線を向けると、銀色の調理台が鏡に映っていた。あちらに調理スペースがあるようだ。

雅はシャンパンのグラスを軽くかかげて、ゆったりと微笑んだ。

「お招きくださってありがとう。素敵なお店ね。カーテンを開けてご挨拶《あいさつ》させていただけると嬉しいのだけど」

「……それは、まだならぬのだよ」

「あら、恥ずかしがりなのね。でも、わたしはここへ婚活のために来たのだから、お顔を見せてくださらなければ、なにもはじまらないわ」

「くぅぅ……見せない、とは言っておらぬのだよ」

「それならカーテンを開けて」

「今はならぬ。あとのお楽しみだ」

「そう、ならば楽しみにしておくわ」

雅はするりと引き下がった。そして目をやわらかく細め、

「今日の出会いに乾杯」

おっとりした艶《つや》めいた声で言い、月の色のシャンパンを飲み干した。

「ふふ、美味《おい》しい」

「そ、そうであろう。白葡萄《ぶどう》のシャルドネだけを使った〝ブラン・ド・ブラン〟……熟成したシャルドネは蜂蜜《はちみつ》とブリオッシュのアロマをただよわせる。雅のために選んだのだよ」

雅の美しさにうろたえたのか、口調が少したどたどしい。

「ブラン・ド・ブラン――白の中の白、ふふふ……素敵ね」

「アミューズはさらに素敵なのだよ、高貴な美味しさにぽーっとしてしまうのだよ」

女の子が、最初の一皿を運んでくる。

横長の白い皿に、一口ずつ可愛い品が並んでいる。

「右からプチシューにつめた鳥レバーのペースト、うなぎのテリーヌのキャラメリゼ、フルーツトマトの飴《あめ》がけ、なのだよ」

雅の称賛の言葉を確信しているのだろう。野太い声がちょっぴりうきうきしている。

おかわりのシャンパンと一緒にいただく。

まずはパリッと焼いたシュー生地につめたレバーペーストから。優美にネイルアート

をほどこした指で直接つまみ、口へ運ぶ。

あら、美味しい……。

ポルト酒で香りづけしているのでレバーの臭みがなく、舌触りもシルクのようになめらかだ。味わいがくっきりしていて、赤ワインと合いそうだ。

次にうなぎのテリーヌをいただく。ピックがさしてあり、それをつまんで小さく口を開け、キスするようにテリーヌを迎え入れると、甘辛い味が口いっぱいに広がった。歯を立てると表面のキャラメリゼがカリカリと鳴り、甘さと香ばしさが押し寄せる。

これも美味しいわ。

最後はプチサイズのフルーツトマトに飴がけしたもので、パリッと割れた飴の中からやわらかでジューシーなフルーツトマトが現れるのが、たまらない。

ふふ、可愛い。美味しい……。

三つとも全部美味しかった。

九十点、と雅は心の中でつぶやいた。

ここ最近では、一番の高得点だ。

「どうなのだよ？　どうなのだよ？」

相手の声にさらに期待があふれ、雅に感想を迫る。

雅は分厚いカーテンに向かって、これ以上なく優雅に微笑んでおっとりと答えた。

「そうね、味が少し濃すぎるかしら」

カーテンの向こうで相手が、ぴたりと沈黙する。

それから、ぅぅぅと唸《うな》る声がし、

「そ、そうか、なのだよ」

とムッとしている声で言った。

雅が、とても美味しかったわ、と答えれば、相手は上機嫌になっただろう。

あえて辛口にしてみたのは、分厚いカーテンの向こうから出てこようとしない婚活相手を、怒らせたかったからだ。

怒りでいっぱいのとき、どういう言動をするのか。キレて暴力を振るう男は論外だし、ネチネチ論破しようとしてくる男もみっともない。

彼は一体どのタイプなのか？　怒りのあまりカーテンの向こうから出てきてくれたらなおいい。

「うぐ……次のとうもろこしのスープでリベンジなのだよ。これを食べたら、私を褒め称《たた》えたくなるのだよ」

どうにか怒りを堪《こら》えようとしているようだ。

最初の印象よりも我慢強い？　それともまだ怒らせ足りないかしら。

メイドの女の子が、チリン……チリン……と鈴を鳴らして、とうもろこしのスープを、ちまちまとてとてした足どりで運んでくる。

ガラスの器に注いだひんやり冷たいとうもろこしのスープの上に、小さな島のような白いソルベが浮かんでいる。

「塩のソルベなのだよ。夏の暑さには塩分をとるのが良いのだよ」

白いワインと、カゴに入った丸いパンも運ばれてくる。

カーテンの向こうで、婚活相手は雅の反応をじっとうかがっているに違いない。

雅はゆったり微笑み、銀色のスプーンで、まずとうもろこしのスープをすくって口へ運んだ。

思わず笑みが広がりそうになってしまったのは、ひんやりした甘いスープがとても美味しかったからだ。

この雑味のない自然な甘さは、とうもろこしそのものの甘さ？

気持ちが和むような優しい甘さで、冷たい喉越《のどご》しも猛暑にぴったりだ。

今度は塩味のソルベと一緒に味わう。

白いソルベにスプーンが抵抗もなく、するりと沈む。スープと一緒に口に入れると、塩味のあるソルベが舌の上でさ――っと溶け、とうもろこしの甘さをいっそう引き立てる。甘いものに塩を振ると、より甘く感じて美味しいというのは、夏にスイカに塩を振って食べたことがある人なら、うなずくであろう真理だ。

美味しい……。

九十五点。

うっとりした気持ちで微笑み、雅は言った。

「これもわたし的には、塩が利きすぎてしょっぱいわね。そこが少し惜しいかも」

「うぐっ」

分厚いカーテンの向こうで、怒りを無理やり押し殺したような声がした。ひだが少したわんで揺れているのは、向こうでカーテンを握りしめているからだろうか。

あと一押しね。

雅は白いワインで喉をうるおし、丸いパンをちぎって口へ入れた。やわらかでほんのり甘みがある。子供が好きそうな美味しいパンだ。

「このパンも悪くないけど、わたしはパンは普段はハード系しか食べないの。手で千切れないほどバリバリした硬い表皮《クラスト》の、綺麗《きれい》に気泡が入った、もっちりした艶《つや》のある中身《クラム》のバゲットが至高ね。ふかふかすぎるパンは物足りなく感じてしまうわ」

テーブルの横に控えていたメイドの女の子が、眉《まゆ》を下げてしょんぼりしているように見えたとき——。

「いいや！　私のふかふかのパンこそ至高で、絶対で、正義なのだよっ！　バリバリのクラストは嚙《か》み切るのに一苦労だし、舌が切れていかんのだよ！　ふかふか最高ではないか！　私はこの屋敷におるかぎり、ふかふかのパンを焼き続けるのだよっ！」

分厚いカーテンをばさりとはねのけ、雷のような声でわめきながら現れた彼は、フランス人には見えなかった。

いや、人ですらない。

白いシェフコートを着ているけれど、頭にねじれた角が二本生えているし、口の端からも二本の鋭い牙《きば》が突き出ている。シェフコートからはみ出た部分は首も手もすべて灰色の毛でおおわれ、顔にライオンのたてがみのように毛が垂れている。あろうことかふさふさした長い尻尾《しっぽ》まで生えているのだ。

雅は椅子に座ったまま、首を上に向けて彼を見ていた。

これは現実なのかしら？

それとも夢を見ているのかしら？

相手はふーっ、ふーっ、と荒い息を吐きながら、尻尾をビーン！と立てている。

メイドの女の子が彼の怒りを鎮めようとするようにシェフコートの裾《すそ》をおずおずつかむ。リボンのリングに下げた鈴が、小さくリン……と鳴った。

彼は、今にも雅に飛びかかってきそうな顔つきだが、その場から動かず低い声で唸り続けている。

雅も動かず、まだ現実感が持てないまま相手を見上げている。

一分近くそうしていただろうか。

眉を吊《つ》り上げ顔をしかめて唸っていた彼が、怪しむように尋ねた。

「……なぜ、きゃぁと叫んだり、椅子から落ちて尻餅《しりもち》をついたり、出口に向かって走って逃げたりせぬのだよ」

◇　◇　◇

「つまりあなたは、ベルに逃げられた野獣なのね」

事情をすっかり聞き終え、雅がおかしそうにそう言うと、キッチンでカタツムリを殻から出したり、そこにニンニクとパセリとエシャロットをみじん切りして混ぜたバターを塗ったりしていた野獣は顔をしかめて、

「逃げられたと、はっきり言うのはよすのだよ。心の傷が開いて血が流れるのだよ」

と文句を言ってきた。

「それに他人の不幸を笑うのも、よくないのだよ」

「あら、ごめんなさい」

目を艶《つや》めかせ、おっとりと謝るが、『美女と野獣』の野獣が美女に振られて現代の日本で婚活をしているだなんて、おかしくて仕方がない。このいかつい野獣が、婚活アプリのプロフィールを試行錯誤して入力している様子を想像しただけで、笑いが込み上げてしまう。

分厚いカーテンはすっかり開いていて、キッチンで働く野獣やお手伝いをしているメ

イドの女の子を眺めることができる。

野獣は大層手際が良い。魔法が解けるまで屋敷の庭より外へ出られないそうで、暇を持て余して料理の腕を磨いたらしい。

雅の希望は、家事全般を完璧《かんぺき》にこなせるパートナーだ。

アミューズもスープも美味《おい》しかったし、料理のほうは問題なさそうね。けど毎日フレンチを食べ続けたら、どれだけ美味しくても胃がもたれてしまうだろうし、豪華な食材は値段も張る。

「ねぇ、お料理の材料はどうしているの？　外に出られないなら買い出しにも行けないでしょう？　あ、宅配便とか？」

野獣は、ふんっと鼻を鳴らした。

「この屋敷では、主人である私が望みさえすれば、この世のありとあらゆるものが手に入るのだよ。新鮮なカタツムリが欲しいと言えば、次の瞬間には生きたカタツムリが調理台を這《は》っているという具合だ」

大量のカタツムリが調理台を這う様子は、あまり見たいものではない。メイドの女の子も怯《おび》えているような顔になった。

「そう……要するに材料のコストは一切考えず、気の向くままに豪華な食材を使いまくっているということかしら」

「そ、そういうことに、なるのだよ。私はもともと王子さまだから、材料費のことなど考えなくてもよい身の上なのだよ」

「まぁ食材がよければ味もそこそこになるのは当然でしょうね。本当に料理上手な人なら、スーパーの見切り品のお肉やお野菜を使って、健康にも留意した美味しいお料理を作ってしまうのでしょうけど」

「うぐ……雅はいちいち引っかかる言いかたをするのだよ」

「もうひとつ、訊《き》いてもいいかしら」

「今度はなんなのだよ」

「あなたが調理したあとのキッチンは、誰がお掃除しているの？　あなたが自分でお皿を洗ったり調理台を磨いたりしているの？」

「そんなもの、屋敷が勝手に片付けてくれるのだよ」

蛇口から勝手に水が流れ、スポンジが皿を磨き、風が水滴を飛ばし、さらにどこから現れた布巾《ふきん》が皿を拭《ふ》き、その皿が自分から食器棚におさまる様子を、雅も見ている。

だから確認したのだ。

「そうなのね。お料理は片付けも含めてということがわかっていない男の人が多いけれど、あなたもその中の一人ということね」

「ムカツクのだよ！」

やがてバターとニンニクのいい香りがただよってきた。

完成した料理を、野獣が自分で運んでくる。

「エスカルゴのオーブン焼きなのだよ。とびきり高級な食材で作ってやったのだよ。私の腕で世界一美味しく仕上がっているのだよ」

胸をそらして言う。

耐熱皿からじゅーじゅーと音がし、殻つきのエスカルゴの殻に塗ったニンニクやエシャロットやパセリが入ったバターが、くつくつと煮えている。その上に振ったパン粉も、いい感じに焦げ色がついている。

「熱いから、ふーふーしていただくのだよ。いきなり口に入れたら、口の中の皮がべろんとむけるのだよ」

「べろんとむけた経験がありそうな忠告ね」

くすりとするとスネたように、

「さめると固くなるから、ほどほどに熱いうちにいただくのだよ」

と、また指図してくる。

女の子が、先がつぼみのようになっているエスカルゴ用のトングと、二股《ふたまた》の細いフォークを持ってきてくれた。

「ありがとう」

雅の言葉にちょっと頬をゆるめて、もじもじする。リボンのリングから垂らした鈴が揺れ、リン……リン……と鳴る。

お嬢さま学校時代、雅が優雅に微笑んで『ありがとう』と言うと下級生たちはこんな反応をしていた。恥ずかしそうに、嬉《うれ》しそうに、もじもじして――可愛らしかった。

あのころのようにやわらかな気持ちで、トングとフォークを使ってエスカルゴの殻から中身を取り出す。

野獣が言ったようにエスカルゴは冷めると固くなってしまうから、ふーっと息を吹きかけて、一番食べごろの温度を見極めて口へ運んだ。バターとニンニク、エシャロットとパセリ、それに白ワインの香りもする。

なんて食欲をそそる香りかしらね。

舌が火傷《やけど》しない程度に熱々で、やわらかで弾力があって――ああ、ワインが欲しくなる味。

雅の気持ちを見計らったように、琥珀《こはく》色の白ワインがグラスで運ばれてくる。

グラスをかたむけ喉《のど》の奥に流し込むようにして飲む。レモンやアカシアの香り、爽《さわ》やかで辛口で――これは間違いなくブルゴーニュ産ね。エスカルゴは葡萄《ぶどう》の葉っぱが大好物で、葡萄畑が広がるブルゴーニュ地方でさかんに捕獲されていたから、エスカルゴにブルゴーニュ産のワインは最高のマリアージュだ。

ニンニクとバターの濃い味つけも、ワインと楽しむにはぴったりで、ワインもカタツムリも、なんて美味しいのかしらと、雅はうっとりした。

ふかふかのパンを千切り、殻に残ったスープを垂らし、パンに染み込ませていただく。

美味しい。

バゲットでないのが残念だけど。ふかふかの生地はスープをよく吸う。

ああ、美味しい。

九十四点。

バゲットだったら、九十八点だった。

「どうなのだよ？　今度こそ『最高』のはずなのだよ」

テーブルの横で野獣が尋ねる。雅の評価が気になってたまらないようだ。

ワインとエスカルゴの余韻にひたっていた雅は、微笑んで答えた。

「ふふっ、やっぱり味が少し濃いわね。たまにならいいけれど、日常的にいただくお料理は塩分を控えたほうが健康にもいいんじゃないかしら」

「うぐっ、そんなに美味しそうな顔をして、その言葉はないのだよ。本当は美味しくてたまらないのに、雅は嘘をついているのだよ」

その通りなのだけど、雅は微笑んだまま、

「さぁ、どうかしらね」

と言ってみせた。

「それと、バゲットが欲しくなったわ。これは本当よ」

「くどいのだよ。私のビストロで出すパンは、ふかふかと決まっておるのだよ」

野獣は長い尻尾《しっぽ》で床をぱしぱし叩《たた》いて、キッチンに戻ってしまった。

「本当にわがままで、譲らない女なのだよ」

雅はワインのグラスを手に艶《つや》っぽく目を細め、からかうように言った。

「あら、あなたも、女のほうが譲るべきという考え？　好みも生活も思想も――妻が夫に合わせるべきだって」

「だったらどうなのだよ」

「きっとこの先も、ずうううううっと結婚できないわね」

「な、なんだと！」

オーブンをのぞいていた野獣が、焦っている顔で振り向く。尻尾も動揺のためかゆらゆら揺れている。

「なぜそうなるのだよ」

「妻は夫に付き従うという考えかたが、今ではもう古いもの。そもそもあなた、野獣になる前からモテなかったでしょう」

「私がモテなかっただとぉ！」

尻尾が、び――――ん！と立つ。野獣の声がフロアにとどろき、メイドの女の子がリングから下げた鈴を、リン！　と鳴らして肩を撥《は》ね上げる。

「モテないどころか、ちょ～モテモテだったのだよっ！　神のごとき美貌《びぼう》の私に国中の娘たちが恋焦がれ、他国の姫たちからの縁談もひっきりなしだったのだよっ！」

足を踏み鳴らして主張する野獣に、雅はおっとりと指摘した。

「ならどうして三十二歳まで独身だったのかしら？　昔の人って早婚よね。縁談がたくさんあったのに結婚できなかったのは、あなたの性格に問題があって売れ残ってたんじゃないかしらね」

「私はまだ二十歳だっ。王族としては結婚が遅いかもしれんが、高貴で美しい私に相応《ふさわ》しい女性がいなかったからなのだよっ」

「待って。今、二十歳と言ったかしら？　野獣さん、あなた二十歳なの？　三十二歳じゃなくて？」

いや、彼があの『美女と野獣』の野獣なら、童話が成立した時期から想定してすでに三百年ぐらい生きているはずだけれど。

だからプロフィールに記載されていた三十二歳は、野獣になる魔法をかけられた歳だと思っていた。

それが二十歳？　わたしより二十二歳も年下！

「し、仕方がなかったのだよ。最初は二十歳と入力していたのだが、それだと若すぎて年齢検索ではじかれてしまうのだよ」

雅も四十二歳という年齢で、若い女性が好きな男性たちから検索ではじかれていたけれど、若すぎても対象外になるらしい。

現代で二十歳はまだ大学生で子供だから、当然といえるだろうけど……。

「なぜ黙っておるのだよ。顔つきが暗いのだよ。私が本当は二十歳なのが気に食わぬのか？　は、二十歳《はたち》では……ダメ、か？」

尻尾がしおしおと下がり、上目づかいで雅を見る。

驚いたことに、二十歳の自分では雅に好いてもらえないのではと心配している様子だ。

これは意外だった。たとえ野獣であっても年下の若い女の子を好むものではないのか？

「あなたは、わたしが自分の母親ほどの年齢でも結婚したいと思うの？」

「もちろんなのだよ。主体性のない若い娘はベルで懲り懲りなのだよ。雅のように自立した大人の女性がよいのだよ。それに雅は美人だ。年齢を重ねた女性ならではの豊かさと情感と――強さがある。それが非常に好ましい。強く美しい雅をひと目見たときから、この女性こそ私の魔法を解いてくれると確信して、メッセージを送ったのだよ」

リンリンリン……と鈴が鳴っているのは、メイドの女の子が野獣の後ろでずっと首をこくこく振っているからだ。

プロフィールにはチラ見せした画像しか登録していないはずだが、こんなに真っ直ぐに想いを告げられて、雅も悪い気はしない。

さすが二十歳、若いわね……。

その若さにあてられたのか、胸がそわそわとくすぐったい。

それに野獣になったのは二十歳でも、それから三百年ほど経っているのだから、実際は雅よりも年上だ。野獣の言葉通りなら、魔法が解けたら金髪の二十歳の美青年に戻るわけだが、それはそれでよいかもしれない。

雅はまだまだ美しさを保つつもりでいる。なんなら百歳になって天に召されるときまで美の求道者でありたい。そんな雅であれば、二十二歳年下の美青年が隣に並んでも見劣りすることはないだろう。

むしろ、いい宣伝になる。

心配そうな野獣に、雅は慈悲深く微笑みかけた。

「ありがとう、嬉しいわ。わたしは一度結婚に失敗していて、前の夫は家事がまったくできない無能のモラハラ男だったの。だから今度の相手は家事を完璧《かんぺき》にこなせる、わたしの役に立ってくれる人にしようと決めているの。野獣さん、あなたはどうかしら」

野獣の顔が明るくなり、得意げにうなずく。

「その条件なら、雅が私を選ばないはずがないのだよ。さぁ、メインの料理が完成した。今度こそ雅のリクエストに完璧に応《こた》えた渾身《こんしん》のメニューなのだよ」

野獣が料理を運んできて、雅の前に置く。

黄金色の丸いパイが、白い皿にのっている。ソースも付け合わせの野菜もない。ころりとしたパイの周りに、ほんの少しスパイスとハーブで彩りをつけているだけのシンプルな品だ。

「真鯛《まだい》のパイ包み、季節の野菜とともに――なのだよ」

「野菜は見当たらないけれど」

「食べてみればわかるのだよ」

野獣が雅のグラスに白ワインを注いで、自信たっぷりに言う。

中身は二十歳の青年だと思うと、その自信家ぶりがまぶしく感じる。

三百年経っても、精神年齢が大して成長していないのは問題だけど。

つやつやと輝く黄金のパイに、上からナイフを入れる。やわらかな感触とともに幾重にも折り重なったパイ生地が開くと、野菜の優しい香りがただよった。

くたくたになるまで蒸したキャベツや玉ねぎ、ズッキーニ、パプリカなどがたっぷり詰め込まれている。体に優しそうだし美味《おい》しそうだ。

ナイフとフォークで野菜を取り分けて、いただく。

やわらかな野菜は汁気がたっぷりで、野菜自体のエキスの他にほのかな塩味と魚介の味がする。素材そのものの持つ味が、雅の口の中にゆったり、ふんわり、広がってゆく。

「……美味しいわ」

昼まで癒《いや》され、ふんわりほころんで――雅は自然とそうつぶやいていた。

あら、今、わたし、「美味しい」と声に出してしまったわ。

そんな自分に戸惑いながら、あたたかくてやわらかな温野菜を口にして、

「なんでこんなに美味しいのかしら。お野菜から出るスープがとても甘くて優しいの……いくらでも食べられそう」

と、また勝手に言葉がこぼれてしまう。

野獣が満面の笑顔になり、尻尾をぱたぱた振る。

「そうであろう、そうであろう」

メイドの女の子も大きな瞳《ひとみ》をなごませる。

野菜の中にハートの形をした人参《にんじん》がひとつ入っているのを見て、雅はさらにやわらかな優しい気持ちになった。

「ふふ、可愛い」

つぶやいてハートの人参を口にすると、とても甘くて美味しい。

野菜の中から、今度は白い真鯛が出てきた。この真鯛の旨《うま》みをたっぷり吸っているから、野菜がこんなに美味しく仕上がったのだろう。真鯛も野菜の味と香りを吸い込んで、口の中でやわらかにほぐれ、くずれる。

白いワインを飲みながら、雅はもう何度「美味しい……」と、つぶやき、ため息をついただろう。

「ふふんっ、どうなのだよ、雅の望みどおりスーパーの見切り品の野菜を使って、体に優しい栄養満点の料理を作ってやったのだよ」

「とっても美味しいわ。九十九点ね」

「むむっ、百点ではないのか」

野獣は不満そうだ。雅は微笑んだ。

「百点をつけてしまったら、そこで終わってしまうでしょう。だから九十九点」

「私を見くびってはいかんな。私の料理の腕は百点さえ軽々突破してみせるのだよ」

「期待しておくわ」

「私が百点を超えたら、雅は結婚の誓いをしてくれるだろうか？」

キッチンでデザートの用意をしている野獣が、期待でいっぱいの目で雅を見る。

野獣にオレンジを渡していた女の子も、祈るような表情を雅にそっと向ける。

「そうね。でもわたしから百点以上をとるのは難しいわよ」

「私ならやれるのだよ」

望みがあると感じたのか、野獣が尻尾《しっぽ》をぱたぱた振る。

「雅が私の魔法を解いてくれると第一印象でピンときたのは、間違いではないのだよ」

「ねぇ、野獣さんはわたしへの最初のメッセージに『雅さんのプロフィールを拝見し、共感を覚えました』と書いていたけれど、わたしのどこに共感してくれたの？」

野獣がオレンジの皮をくるくる剝《む》きながら言う。

「自分の都合ばかりを延々と書き連ね、相手への要求が総じて高いところだ。野獣になる前の、王子であったころの私に似ているのだよ」

雅の顔が、ちょっとだけこわばる。

「それは皮肉かしら」

「いいや、心に感じたことを伝えておるだけだ。私も雅のように、私を崇拝し奉仕する者以外、不要と見ていた。なにしろ私は神のごとき美貌《びぼう》の王子だから。周りが私のために働き私の望みを叶《かな》えることは、当然だと思っていたのだよ」

「……わたしのプロフィールはそんなに要求が高かったかしら。家事に積極的に参加してくれる男性を希望するのは、最近では珍しくないわ」

「そうかもしれぬが、雅はそこにこだわりすぎなのだよ」

「そんなことは——」

ない、と言おうとしたら、野獣が雅の言葉を遮った。

「あるのだよ。隠すことはない、私には全部お見通しなのだから」

次の瞬間、部屋に張り巡らされたすべての鏡に、雅の姿が映った。

風呂《ふろ》上がりに髪をタオルで巻き、顔にパックをしている。シルクのバスローブを一枚まとったあられもない姿で、ノートパソコンのキーを打っている。

「これは……なに」

茫然《ぼうぜん》とする雅の目に、さらに驚く光景が映る。

キーを打つ雅のしなやかな指とネイルアートをほどこした爪、それにノートパソコンの画面が拡大表示され——そこに雅が婚活相手に送ったメッセージの数々が流れるように浮かんで消え、また浮かび上がった。

『森脇《もりわき》さまは四十九歳の現在もお母さまと同居されておりますね。普段、森脇さまがごはんを作ったり、お掃除やお洗濯をすることはあるのでしょうか？　すべてお母さまに任せきりでしょうか？　だとしたら森脇さまはわたしの希望と合致致しませんので、これ以上のやりとりは控えさせていただきます』

『工藤《くどう》さまは専業主婦をご希望でいらっしゃいますが、一切の家事は奥さまの担当という認識でよろしいでしょうか？　でしたら、わたしはご期待に沿えそうにありません』

『小松原《こまつばら》さまは奥さまを亡くされて、家が雑然として困っているそうですが、ご自身の片付けのスキルが低いということでしたら、プロの清掃のかたにお願いしてはどうでしょう』

『宮下《みやした》さまは、ご自宅のお掃除はどのくらいの頻度でされておりますか？　リビング、寝室、キッチン、お風呂、トイレ、換気扇、窓の項目ごとにお知らせください。それを拝見してから、宮下さまとお目にかかるかどうかを決めたいと思います』

こうして自分が送ったものを見せられると、ひどいメッセージだと思う。
婚活相手に対して優しさの欠片《かけら》もない。ただ事務的に相手を採点し、不合格の通知を送りつけている。

野獣が作ってくれた料理を味わっているときも、そうだった。
微笑みながら、ずっと心の中で自分の役に立つ相手かどうか、自分の思うように動かせる相手か、変えられる相手かを、採点し続けていた。

そのことに野獣は気づいていて、しっぺ返しされたのかもしれない。

だとしても仕方がないわね……。

雅の顔からすっかり笑みは消えていて、暗い声で言った。

「ええ、鏡に映っている傲慢《ごうまん》で自分本位な女は、わたしに間違いないわ。わたしが一方的な奉仕を求めているですって？　その通りよ。だって私は離婚するまでずっと夫にそれを強いられてきたんですもの」

十代のころ、大学までエスカレーターのお嬢さま学校で過ごし、『白き薔薇《ばら》たる雅さま』と呼ばれ、憧《あこが》れの眼差《まなざ》しを向けられていた。

——淑《しと》やかでお優しくてお綺麗《きれい》で、雅さまは本当に白い薔薇のよう。

学校では良妻賢母たれと教えられて育った。

旦那《だんな》さまを支え従う、貞淑な妻になりなさいと。

大学を卒業してすぐ結婚する同級生も多く、雅も一度も社会に出ることなく嫁いだ。

相手は、雅より十五歳も年上の男性で、先祖代々続いてきた会社の経営者だった。

その相手が、鏡に映し出される。

雅と結婚したときはまだ三十代で、それなりに若々しい外見だったが、手の指や甲に硬い毛がもじゃもじゃ生えていて、その手でふれられるのがずっと苦痛だった。

髭《ひげ》もすぐに生えてきて、口づけされると生えかけの髭が顔をチクチク刺してきて嫌だった。

鏡の中で、元夫はどんどん歳を重ね、体形がだらしなくくずれ、おなかがせりだしてゆく。頬も目もともたるみ、尊大さが顔つきに表れるようになっていった。

離婚したのは結婚から十二年後――雅が三十五歳のときで、そのときにはもう夫と同じ部屋で息を吸うのさえ、おぞましかった。

そもそも夫に愛情を持ったことなど一度もない。なぜそんな相手の妻になったかといえば、お見合いで勧められたからだ。歳が十五歳も離れていたし雅は乗り気ではなかったが、家の格は夫のほうが上で、向こうは雅との結婚を強く望んでいるという。

仲人《なこうど》も雅の両親も、話を進めたがった。

——男性が十五歳年上なのは、よくあることですよ。そのくらい歳が離れているほうが、旦那さまに可愛がっていただけます。あちらはご次男でご両親との同居もなく、雅のために新しいおうちを建ててくださるそうじゃありませんか。これ以上ないお話ですよ。

雅と同じお嬢さま学校出身の母は、おっとりとそう言っていた。

実際妻になってみたら、とんでもなかった。

夫にはすでに愛人がいて、新婚家庭に帰ってこない日も多い。家にいても服や靴下を脱ぎ散らかしたり、浴室やトイレを汚すだけで、ゴミ出しすらしない。

家政婦を雇うことも許されず、雅はすべての家事を一人でしていた。

——おまえは働いてないんだから、それくらいあたりまえだろ。

——おい、トイレットペーパーが切れているぞ、ちゃんと替えておけ。気がきかない女だな。シーツも毎日とりかえろ。

——この玉子焼きは甘くないじゃないか！　すぐやり直せ！　コーヒーも豆から挽《ひ》い

たやつじゃないと、おれは飲まないぞ。

——生活費が足りないだと？　おまえのやりくりが下手くそなせいだろう。帳簿を見せろ。まったくこんな高い肉を買って、これだから世間知らずのお嬢さまは。なに？　おれがこの銘柄じゃないと食わないと言っただと？　口答えするな！　安い肉で、おれの口に合う料理を作れないおまえが悪い！

雅のことを、どれだけこき使っても貶《おとし》めてもいいと思っているようで、雅もすっかりあきらめてしまった。

この人はこういう人なのだ。この人に嫁いだ以上、この人に従うしかないのだ。

毛むくじゃらな手足や髭が生えかけた顔を視界に入れないよう目を伏せて、黙々と家事をするようになった雅は、夫から「つまらない女だな」と、頻繁に言われた。

——本当におまえはつまらない。こんなつまらない女と結婚するんじゃなかった。

愛人と過ごしているほうが、刺激的で楽しいと思っているのだろう。けれどクラブのキャストをしている若い愛人のことも、決して尊重しているわけではなく、「あいつは、頭がからっぽのバカなんだ。それでもおまえよりはマシだ。おまえはつまらないからな」などと、ぬけぬけと言う。

それでも雅は黙って家事をこなしていた。

そんな日常がどれだけ異常だったのか、三十五歳で離婚するまで気づけなかった。

あんなに夫のことがおぞましくてたまらなかったのに。

夫と離婚できたのは、愛人に子供ができたためだ。

――子供ができないのは、やっぱりおまえのせいだったんだな。子供も産めないし、つまらないし、おまえと結婚したのはおれの人生の無駄だったよ。

最後まで、悪いのはすべて雅で、自分は悪くないというスタンスだった。

本当に最低の夫で――でも、その身勝手さのおかげで離縁されて自由になれた。

両親は早くに亡くなり、雅の生家には兄の家族が暮らしていて、雅に帰れる場所はもうなかったけれど。両親が残してくれた遺産を元手に、小さな美容サロンをはじめて、それがどんどん大きくなり、今の雅になった。

白き薔薇たる雅さまと呼ばれたころの清らかさも、夫に踏みつけにされ耐えていたころの慎《つつ》ましさも失くしてしまったけれど、自分の思うような人生を自分の力で切り開いて生きている。

美のカリスマと呼ばれ、男性に選ばれるのではなく、雅のほうが男性を選ぶことができるようになったのだ。

それなら最高の相手を選びたい。

そう、一切の家事を完璧《かんぺき》にこなし、雅の癒《いや》しになり、支えになるような——。

年齢もうんと若くて、素直で、従順で。

そんな伴侶《はんりょ》を得たいと、婚活アプリに登録し、男たちを採点しはじめた。

だって今度は、わたしが選ぶ立場なのだから。


「雅は、自分の過去に復讐《ふくしゅう》しておるのだな」


野獣の声で、雅はハッと我に返った。

鏡の中から過去の雅も夫も消え、雅は赤いクロスをかけたテーブルでデザートを待っていた。いつのまにかメイドの女の子が雅の手にそっとふれている。

心配そうに雅を見上げる女の子に、

「ありがとう、わたしは大丈夫よ」

と伝えると、もじもじと手を引っ込めた。

惨めだった過去を暴かれて混乱したけれど、今は冷静だ。

同時に、心の中が空っぽになってしまったような気分を味わっている。

そう、わたしは過去に復讐していたのね。あれほど軽蔑《けいべつ》していた夫と同じものを望んでいた。自分に一方的に奉仕するだけの、つまらない伴侶を。婚活相手に辛口な採点をしていたのも、夫にされたことをやり返しているだけだったんだわ……。

空っぽの胸に、切なさが淡い雪のように落ちてゆく。

そのとき、キッチンから野獣の声が響き渡った。

「こっちを見るのだよ、雅！」

顔を上げると、野獣がフライパンを置いたコンロの前で、片手に串刺《くしざ》しにしたオレンジを、片手に銀色の杓子《しゃくし》を持ち、威風堂々と立っていた。

コンロでは火が燃えていて、フライパンからオレンジとリキュールの香りがただよってくる。フライパンの上でオレンジをかかげると、皮が螺旋《らせん》状になだれ落ち、その螺旋に向かって野獣が杓子をかたむけ、金色の液体を注ぎ込んだ。

ぼわっ！　と螺旋が燃え上がり、フライパンからも火が上がる。燃えるオレンジの螺旋とフライパンの炎を雅に見せながら、野獣は鏡の部屋に響き渡る声で叫んだ。

「雅の過去のクソッタレな記憶など、私が燃やし尽くしてやるのだよっ！　そして、雅が本当に欲しい言葉を言ってやるのだよ！」

わたしが……本当に、欲しい言葉？

そんなものがあるのか雅本人さえ思いつかないのに、燃え上がる炎とむせるようなオレンジとリキュール、ブランデーの香りとともに、野獣がカッッッ！　と目を見開き、鋭い牙《きば》をむきだしにして言い放つ。

「雅よ！　おまえは、おもしれぇ女なのだよっ！」

炎に包まれるような熱を、雅は自分の体に感じた。

体だけではなく、空っぽだった心の中にも黄金の火が燃え上がる。

つまらない女だと、夫にずっと蔑《さげす》まれていた。

離婚して美のカリスマと呼ばれ、美しさを讃《たた》えられるようになっても、心が強く揺さぶられることはなかった。

十代のころと同じように憧《あこが》れられて、あのころより艶《つや》めいた微笑みを浮かべて、「あら、ありがとう」と、さらりと流した。

美しさは雅の武器だけど、それを褒められてもあまり嬉《うれ》しくないのはなぜだろう。

離婚した夫が、雅の美しさに価値を感じていなかったからかもしれない。

最初こそ、若く美しい妻を迎えたことに優越感をおぼえていたようだけど、すぐに、つまらない女だと雅を見下げるようになったから。

だから——雅がずっと欲しかったのは美しさへの賞賛ではなくて——雅という人間を認め、尊重し、雅と一緒にいると楽しい、わくわくすると感じてもらえることで——。

だから——だから、雅が欲しかった言葉は——。

「雅は、おもしれぇ女なのだよ！　雅のプロフィールを見たときから、こいつはおもしろそうな女だと思っていたのだよ！　雅が私の姿を見て、悲鳴も上げず逃げもしなかったときも、やっぱり根性が据わったおもしれぇ女だと思ったのだよ！」

「神のごとき私を上から目線で採点してのけるなんて、おもしろすぎだろう！」

「しっかり聞くのだよ！　雅は、おもしれぇ！　むちゃくちゃおもしれぇ女なのだよっ！」

　雅に向かって全身で叫んでいたせいで、たてがみに火がついたことに気づかず、野獣が「あちちち」と慌て、メイドの女の子が、びっくりしてボウルに水をくんでかけるというハプニングもあって――。

「ふ、ふんっ、フレンチトーストのグランマニエソースなのだよ。クレープシュゼットをフレンチトーストにアレンジしてみたのだよ」

　たてがみの端をチリチリに焦がして、水をかぶって毛がぺたんとしてしまった野獣が、精一杯威厳をとりつくろって、雅の前にデザートの皿を置く。

　表面をキャラメリゼしたフレンチトーストにオレンジの果肉が添えてあり、どちらにもオレンジとブランデーの香りの金色のソースが、たっぷりかかっている。

フレンチトーストもソースが染みていて、とても美味《おい》しそうで――。

あら？

フレンチトーストに使われているパンがバゲットだと気づいて、雅は目を見張った。

私のビストロではパンはふかふかと決まっておるのだよ、と言っていたのに。

雅がバゲットを食べたがっていたから、バゲットのフレンチトーストを作ってくれたのだろう。

「ありがとう。わたしはバゲットが大好きなの。嬉しい」

そう伝えると、ふんっと鼻を鳴らしたあと、いかつい体をほんの少し折り曲げ、内緒話をするように雅の耳に顔を寄せ、小声でささやいた。

「実は私も、パンはふかふかよりガリガリのハード系派なのだよ……二人の秘密なのだよ」

なぜ秘密にしなければいけないのかわからないけれど、『秘密』という言葉自体が蜂《はち》蜜《みつ》よりも甘く感じられて、雅は微笑んだ。

「ええ、秘密ね」

メイドの女の子が、リボンのリングから垂らした銀の鈴を、チリン……と鳴らして、嬉しそうにほおをゆるめる。

表面が茶色くキャラメリゼされたフレンチトーストに、フォークとナイフを入れて小さく切りわけて口へ運ぶと、カリッとした食感のあと、ソースを吸ったバゲットのやわらかな食感が追いかけてきた。皮の部分に硬さが残っているのがいい。

それに、このグランマニエソースの豊かで香り高いことといったら！　グランマニエは、ブランデーのコニャックにオレンジのエキスを加えて熟成させた、オレンジ系のリキュールだ。コニャックのフルーティーな甘い香りに、オレンジの苦みと酸味のアクセントがたまらない。

クレープシュゼットでは定番で使われるお酒だけど、フレンチトーストにグランマニエソースも最高に美味しい。トーストがバゲットなのも最高だ。

もはや採点不能だ。

点数がつけられないほど素晴らしい。

華やかな気持ちのまま最後の一口を飲み込み、雅がまた余韻にひたっていると、野獣がテーブルの前まで来て真面目な口調で言った。

「雅は最高におもしれぇ女だから、雅が私の伴侶《はんりょ》になってくれたら、私は毎日『雅はおもしれぇ』と言ってやるのだよ。どうだ、私を夫にしたくなったであろう」

そうかもしれない。

今も、野獣の言葉に胸が甘くときめいている。

野獣があらためて言った。

「雅よ、私と結婚の誓いをしてほしいのだよ」

雅はゆっくり微笑んだ。

期待からか、野獣の尻尾《しっぽ》はぱたぱた揺れている。

それをとても可愛いと思いながら、雅はプロポーズの返事をした。

「ごめんなさい。わたし、毛深い人は生理的に受けつけないの」

野獣が目をまんまるにしてのけぞり、後ろでメイドの女の子も口を小さく開けて、びっくり、という顔をした。

リン……！　と鈴が鳴る。

野獣が今度は前のめりになり、

「今さら毛深いのがイヤはないのだよ！　そんなことプロフィールにも書いてないし、ひとっことも言っておらんかったではないか」

「鏡で別れた夫を久しぶりに見ていたら、ああ、この人、本当に毛深くて、腕も足ももじゃもじゃで、おなかとお尻《しり》にまで毛が生えていて、顔も剃《そ》り跡でチクチクして嫌だったなぁ……って思い出してしまって」

「な、なんだとぉ」

「ごめんなさい。野獣さんが悪いわけではないのよ。これは生理的なことだから」

「魔法が解ければ私は金髪の美青年で、もじゃもじゃでもふさふさでもないから問題ないのだよ」

「そうねぇ、でも海外の人は体毛が濃いらしいし。それに、このフレンチトーストは百点以上だったけど、野獣さんは失点も相当多かったわ」

心に書きとめた採点メモを、雅はすらすら読み上げた。

「まず、初対面の相手をいきなり名前で呼び捨てにするのはマナー違反よ。海外育ちな点を考慮してもマイナス十点。何度か『おまえ』とも言ったけど、これも改めたほうがいいわね。マイナス二十点。自分から招待しておきながら、カーテンの向こうから出てこないなんて失礼すぎだわ。マイナス二百点。私の料理の感想が気に入らなくて、唸《うな》ったり、わめいたりしたのも、マイナス三百点。腹が立つのはわかるけど、スマートに受け流すほうが女性の評価は高くなるわ。それから自分を褒め称《たた》えすぎ。ナルシストの男性はマザコンの男性と同じくらいマイナスポイントよ。マイナス五百点。年齢詐称にいたってはマイナス千点ね。それから……」

途中で野獣が悲鳴を上げた。

「まだあるのか！　雅よ、採点はやめるのではなかったのか」

「あら、そんなこと言ってないわよ。婚活相手を採点して復讐《ふくしゅう》していたのはその通りだと反省したけれど、採点自体が悪いわけではないでしょう？」

雅は微笑んで続けた。

「それに、わたしは、あなたを採点してのけるほど『おもしれぇ女』なんでしょう？」

艶《つや》やかな瞳《ひとみ》でいたずらっぽく見上げると、野獣は「うぐっ」と声をつまらせた。

◇　◇　◇

オレンジの皮を混ぜた一口サイズのギモーヴと、苦いエスプレッソまでいただいて、雅は薔薇《ばら》が咲き乱れる邸宅をあとにした。

メイドの女の子がまた長い廊下を、ちまちまとてとて歩いて先導し、建物の入り口までお見送りしてくれる。

「ねぇ、あなたはここに住んでいるの？　あなたのご両親はどうしているの？」

雅が尋ねると、女の子は困っている顔で目を伏せ、ふるふると首を横に振った。リボンのリングに下げたチェーンも一緒に揺れて、リンリン……と鈴が鳴る。

それが雅の質問に対する答えなのか、それとも話せない、という意味なのかはわからなかった。

「じゃあ、今日はあなたのお名前だけ、教えてくれる？」

雅が微笑んでそう言うと、恥ずかしそうに――でも、ほんのり頬をゆるめて、

「すず……」

と答えた。

「そう、すずちゃんね。今日はありがとう、すずちゃん。野獣さんにも、とても楽しか

ったからまた来るわと伝えてちょうだい」

すずが頬だけでなく、小さな唇もほころばせ、こく、こく、とうなずく。

リン、リン、と鈴も嬉《うれ》しそうに鳴った。

そうして、深々とお辞儀をして言った。

「ほんじつは、ありがとうございました……またのおこしを、こころより、お待ちしております」


甘い香りをただよわせながら、そよそよと揺れる薔薇の小道を進んで、門の外へ出ると、涼しい風の代わりに夏のじっとりした空気に包まれた。

振り向くと薔薇も屋敷も消えていて、植物園の正門と鉄柵《てっさく》が月に照らされている。

求婚を断られて『雅は点が辛すぎなのだよ』と尻尾をしおしおすぼめていた野獣の姿が、とても可愛らしいと思ったこと。

螺旋《らせん》を描くオレンジの皮に炎を走らせ、渾身《こんしん》のフランベをしながら雅が欲しかった言葉をくれた野獣が、凜々《りり》しく頼もしく見えて、ときめいたこと。

あれこれ思い返して、あたたかい気持ちになる。

毛深い人は受けつけないと求婚を断ったけれど、あと何度か彼のビストロを訪れて、素敵なお料理をいただいて、彼と話をしたら、ふさふさしたたてがみや毛皮が可愛くて仕方なくなる予感がしていた。

気分がとてもいいので、タクシーが拾えるところまで歩いてみる。

枝葉を広げた木々がはみだしている植物園の高い塀に沿って坂道をくだりながら、雅はひっそり笑い――つぶやいた。

「ふふ、おもしれぇ人」

第三話　青山可憐の憧れ《レーヴ》～豪華絢爛海鮮リゾットおこげ風

「えいっ！」

と明るい声を上げて分厚いカーテンを両手で撥《は》ね上げると、透明なフィルムを敷いた深皿に、芳醇《ほうじゅん》な香りがただよう茶色のスープを鍋《なべ》から注ぎ入れていた彼は、ぎょっとした顔を可憐《かれん》のほうへ向けた。

顔の周りにふさふさと流れる灰色のたてがみに、ぎょろりとした目、頭にはねじれた角が二本、シェフコートの上着の下から長い尻尾を垂らし、口の両端から鋭い牙《きば》を生やしている相手を見て、可憐ははしゃいで言ったのだった。

「あはっ、それコスプレ？　ウケる～っ！　写真とっていい？」

スマホを向けると、獣のコスプレをした婚活相手は、うろたえながら叫んだ。

「よ、よすのだよ！　撮影は禁止なのだよ！」

◇　◇　◇

婚活アプリで年収で検索をかけて、その人を見つけたとき、可憐はわくわくし俄然《がぜん》興味がわいてしまった。

名前はbête、出身はフランス、年齢は三十二歳、学歴はフランスの王立大学卒業、職業は隠れ家ビストロのオーナーシェフで、年収はなんと一億円だ。しかも『一億円（以上）』と、わざわざ記載している。

一億円でもすごいのに、それ以上？　どんだけお金持ちなわけ？

名前の欄には本人の写真の代わりに、薔薇の花が咲き乱れる庭園と、その向こうにそびえる西洋風のお屋敷が写っていて、その光景にもぎゅっと心をつかまれた。

お城みたい……。

この素敵な家に住んでいるのかな？　いくつくらい部屋があるんだろう？　中はどうなってるんだろう？　いいなぁ、行ってみたいな……。

薔薇の咲き乱れるお屋敷から、目が離せなくなってしまった。

なので可憐のほうからメッセージを送ってみたのだ。

可憐は二十二歳で、向こうは三十二歳だ。ちょっとオジさんだと思うけど、こんな素敵なお屋敷で暮らしている人ならぜひ会ってみたいし、お屋敷にも行ってみたい！

『こんにちは、カレンです。隠れ家ビストロのオーナーってカッコいいですね。とても興味があります。bêteさんのお店にごはんを食べに行ってみたいです。わたしは派遣社員で、お給料が安いのであまり外食はできません。会社にはお弁当を持っていっています。だからビストロのお食事って、どんなだろうって、すっごく興味があります。よかったら、いろいろ教えてください』

うんと年上の男性にメッセージを送った場合、いつもはすぐ返事が来るのに、bête さんからはなかなか返信がなかった。

翌日、可憐はまたメッセージを送った。

『しつこくしてごめんなさい。bête さんに送ったメッセージははしゃぎすぎだったのではと気になってしまって。十歳も年下だなんて bête さんのように立派な職業に就かれてる大人のかたには、子供っぽくて相手にならないですよね。でも、bête さんのお料理を食べてみたい気持ちは本当です。婚活相手ではなく、お客さんとしてお店へ行ってはダメでしょうか？　もちろん、ご料金はお支払いします』

『ごめんなさい、追伸です。お給料が本当に少ないので……あまり高いお料理は無理かもです。でも普段のごはんを節約して、bête さんのお店の食事代を貯めておきます』

うんっ、ばっちり！

こんなふうに書かれて、代金を払えと言ってくる男性はまずいないだろうし、健気《けなげ》な文面にぐらっときて、一度くらい会ってもいいと思うはずだ。

可憐のプロフィールの写真も実際に会ったときに『別人じゃねーか！』と言われない程度に盛って、角度も表情も計算しているので、キュートでイケてる女の子に見えるはずだ。

ま、盛らなくても、あたしは可愛いんだけどね、と鏡に向かってウインクの練習をしていたところへ、ついにbêteさんから返信が届いた。

『メッセージありがとうございます。私のビストロに興味を持ってくださり嬉しく思います。ぜひ、お越しください。可憐さんに極上のお料理をごちそうします』

やった、ごちそうしてくれるってことはタダだよね。

あのお屋敷へ行けることもワクワクした。

そして、秋の気配がなんとなくただよいはじめた九月某日――。

可憐は袖《そで》がふわっとふくらんだ姫ワンピースで、指定された住所へやってきたのだ。

地図では植物園が広がるその場所は、現地に辿《たど》り着いてみてもやっぱり植物園で、

「えーっ、うそぉ、騙《だま》された？」

正門の鉄柵を両手で握り、声を上げたとき――。

木や茂みしか見えなかったそこに、薔薇《ばら》の花が広がる庭園と、その向こうの石段の上

にそびえる豪華な建物が現れた。

プロフィールで見たあのお屋敷だ！

え？　なんで？　さっきまでなかったよね。暗くて見えなかっただけ？　ここ植物園じゃなくて個人の所有物なの？　ええええええ、どんだけ広いの？

施錠されていたはずの鉄柵も、するする開いてゆく。

すごーい、この門、自動なんだ！　きっとどこかにカメラがあって、訪問者を確認し、遠隔操作でロックを解除したのだろう。

bête さんは、本物の大富豪だった。

月光を浴びて香る薔薇の群れもエモさの極みで、建物へ続く道を進みながら、左右へ首をめぐらせ、ああっ動画を撮って配信したいと、可憐はうずうずしてしまった。

なんとか堪えられたのは、bête さんがカメラで可憐の様子を見ているかもしれないと考えたからだ。bête さんに育ちの悪い女の子だと思われてはいけない。

なので可愛らしくニコニコしながら、薔薇のあいだの小道を進んでいった。

石段を上りお屋敷の入り口で、石造りのアーチや装飾のほどこされた格式ありそうな扉を、ああ、素敵ぃと、見上げていたら、扉が開いた。

やっぱりここも自動扉？　お屋敷はアンティークなのに設備はハイテク？　さすが大富豪！

チリン……。

鈴の音がしたほうへ目を向けると、メイドさんの恰好《かっこう》をした小さな女の子が立っていた。首にまいた黒いリボンを幅広のリングで留めて、そこから細い銀色のチェーンを垂らしている。その先に銀の鈴がついている。

「……おまちしておりました。青山《あおやま》可憐さま」

あどけない声でご挨拶《あいさつ》する。

あまりの愛らしさに、可憐は衝動的に女の子のほうへ駆け寄り、

「可愛ぃぃぃぃ！　ヤバイ！　可愛すぎ！」

と連呼していた。

リン！　とリングから垂れた鈴が跳ね、女の子がびくっとする。

「ここのキャストさん？　ディ×ニーの夢の国みたいなコンセプト？　ドラマの子役とかしてる子？　名前教えて」

女の子がちょっぴり困っている様子で、

「す……すず」

と答える。

「そっか、芸名はすずちゃんね。あとでインスタチェックしておくね」

「こ、こちらへどうぞ。やじゅうさまがお待ちです」

すずが可憐からすすっと距離をとり、ちまちまとてとて歩き出す。

「やじゅうさまって bête さんのこと？　それ、名前？　苗字《みようじ》？」

「や、やじゅうさまは……やじゅうさま、です」

「やじゅうさまってフランスの王立大学を卒業してるんでしょ？　すごいよねー、フランスの学校ってよく知らないけど、フランスってだけで、なんかきらきらしてるし」

「そ……です、ね」

「やじゅうさまは、いつから日本にいるの？　やじゅうさまのご両親もフランスの人なの？　やじゅうさまは日本語話せるのかな？」

「えっと……えっと……」

可憐が次々質問するので、前を歩くすずは答えが追いつかず、鈴をリン……リン……と鳴らして、へどもどしている。

「あー、お仕事の邪魔しちゃってごめんね。もう黙っとくね。でも、あとで一緒に写真撮ってくれたら嬉《うれ》しいなぁ」

「……や、やじゅうさまに……きいて、みます」

何枚もの扉が開き、そこを通り抜けて、やわらかな明かりが満ちる部屋へ出る。

「わ、エモい」

丸いテーブルやソファーや椅子が並んでいて、レトロで豪華な感じだ。壁や天井が鏡でおおわれているのもスタイリッシュで、赤いテーブルクロスもカッコいい。

白い皿の上に、薔薇の形に折り畳んだ赤いナプキンが置いてある。

「えー、これ広げる前に写真撮りたい」

撮影してもいいか訊《き》きたいけれど、部屋の中には可憐しかいない。すずは可憐に椅子を勧めたあと、どこかへ行ってしまった。

「あれ、このカーテン、なんだろ？」

部屋の左側が分厚いカーテンで仕切られていて、そこだけインテリアと不釣り合いで浮いている。

この向こうはどうなってるんだろう？

すると銀のトレイにピンク色の液体が入ったグラスをのせたすずが、カーテンの脇からちょこちょこ出てきて、可憐のテーブルに慎重に慎重にグラスをのせた。

「あぺりてふの……シャンパンロゼ……です」

「おおっ、ピンクのシャンパン！　これ、ホストクラブとかでお姉さんたちが飲んでるやつ。あっ、あたしは行ったことないよ。でも、すごくお高そうなイメージで一度飲んでみたかったんだぁ」

あぺりてふは、なんのことだかわからないけど、魔法の呪文《じゅもん》みたいで楽しい。

そのとき、分厚いカーテンの向こうから、太く低い声が聞こえた。

「ようこそ私のビストロへ。可憐と呼んでもよいだろうか。海外育ちで名前で呼ぶクセが抜けぬのだよ。他にも無礼な点があるかもしれぬが、大目に見てもらえると助かる」

可憐はカーテンのほうへ身を乗り出した。

「bête さんね。もちろん、どんどん可憐って呼んじゃって。この名前、可愛くて好きなの。あたしもタメ口でいいかな？」

「あはっ、bête さんお貴族さまみたい。あ、bête さんよりやじゅうさまのほうがいい？

すずちゃんがそう呼んでたから」

「どちらもそう変わらぬのだよ。可憐の好きに呼べばよいのだよ」

「それなら、やっちゃんにしよ～っと」

「や、やっ……ちゃん」

「じゃなきゃ、べーさん」

「べーさん……」

「うん、やっぱりやっちゃんにする。今日はお店に呼んでくれてありがとう、やっちゃん。ピンクのシャンパン、いただきまーす」

グラスをつかんで、こくこくと飲む。

うわー、美味《おい》しい！　高そうな味！

「これ、泡立ちがすごく優しくて飲みやすいね。ベリー系の香りがふわ～っときて、なんだかお花みたいな香りもするし。ピンクのシャンパン、いいね！」

「気に入ってもらえてよかったのだよ。今日は可憐のために腕を振るうのだよ」

「うんっ、楽しみ。あ、ナプキンの写真撮っていい？　薔薇の形に折ってあって、すっごく可愛いから」

「かまわぬのだよ」

「ありがとう、やっちゃん」

スマホでぱしゃぱしゃ写真を撮る。やっぱりナプキン可愛い！

婚活相手も口調は変わっているけど、それは本人が言うように海外の育ちのせいだろうし、なかなかイイ人そうだ。

天井を見ると、カーテンの向こう側の光景が映っていた。銀色の調理台？　あちらは調理スペースになっていて、そこで料理を作っているようだ。

「ねぇ、やっちゃん、このカーテン開けちゃダメ？」

「そ、それは、あとのお楽しみなのだよ」

「えー、やっちゃんがお料理してるとこ見たーい。お料理してる男の人ってカッコいいよね」

「うぐっ……」

相手は迷っているようだ。可憐は返事を待たずに立ち上がり、テーブルの正面にあるカーテンに近づくと、

「えいっ！」

明るい声を上げて、両手でカーテンをばさりと撥《は》ね上げた。

きっと相手は恥ずかしがり屋なのだろう。もしくは自分の容姿によほど自信がないのか。婚活相手に顔写真を送ったら即ブロックされたとか、待ち合わせ場所で顔面チェッ

クされて相手が帰っちゃったとか。

婚活ではよくあることらしいけど、可憐は相手の顔も体形も気にしない。そりゃイケメンを見たら、あ〜イケメンだぁと思うけど、それだけだ。

それより年収の額や、広々とした立派な住まいを見るほうが断然ときめく！　カバのような男性の後ろに、つやつやのサイドボードやスタイリッシュなワーキングチェアが映り込んでいたら、胸がドキドキしてしまう。

なので、やっちゃんがどれほどブサイクでも、『わー、やっぱりお料理してる男の人ってカッコいい！』と言ってあげられる自信があった。

まさか、相手の顔にふさふさしたたてがみが垂れていたり、頭にねじれた角が生えていたり、口の両端から鋭い牙《きば》がのぞいていたりするなんて、これっぽっちも予想していなかったのだ。

けど――。

「あはっ、それコスプレ？　ウケる〜っ！　写真とっていい？」

「よ、よすのだよ！　撮影は禁止なのだよ！」

スマホを向けてはしゃぐ可憐に、婚活相手は毛むくじゃらの大きな手で顔を隠してわめいた。

「それに、これはコスプレではないのだよっ！　私は意地悪な仙女に魔法で獣に変えられた王子さまなのだよっっっ！」

◇　◇　◇

「これだから若い娘はイヤだったのだよ。なにを考えてるのかわからんし、いきなりとんでもないことをしでかして、本人は反省もせずにケロッとしておる。ノリが合わぬのだよ。マッチングアプリの検索でも若い娘は避けていたのに、可憐のほうからぐいぐい来るから――」


キッチンで料理の用意をしながら、可憐の婚活相手はずっとぶつくさ言っている。

このやっちゃんが、あの『美女と野獣』の野獣さんだなんてね。

本を読まない可憐でも知ってる有名な童話だ。そちらの野獣は美女と結ばれて王子さまに戻るけど、こちらの野獣は美女に振られて、ずっと野獣のままで、この薔薇《ばら》の庭園と立派なお屋敷の外へ出られずにいるという。

野獣の姿の彼と結婚の誓いをしてくれる女性がいれば魔法は解けるので、アプリで婚活しているのだと。


「ごめんねー。やっちゃんちの写真を見たら、なにこれすごーい！　行ってみたい！　って思っちゃって。あたし、家を見るのが好きなんだ。小さい家じゃなくて、おっきい家ね。夜景が見えるタワマンもエモいけど、やっぱり庭つき一戸建てだよね～。こう、庭も建物も横にば――――んと広いやつ」

可憐はすっかりリラックスして、シャンパンのお代わりも三杯めだ。

野獣の姿がコスプレではないと知っても、まったく怖くないし、むしろワクワクする。

婚活相手が野獣だなんてヤバすぎでしょ。

「ふんっ、広すぎて掃除が大変なのだよ」

「えっ、やっちゃんが自分で掃除してるの？」

「私は自分のことは自分でできる男なのだよ。料理だけでなく家事も完璧《かんぺき》なのだよ。まぁ……最近は食洗機だのルンバだのを導入したのだが……それでも私が！　操作しているのだよ」

「へぇ、すごい。やっちゃん、理想のお婿さんじゃん」

「そのとおりなのだよ。さぁ、スープが完成したのだよ」

野獣が自分で皿を運んでくる。

「うわぁ！　なにこれ、可愛いいいいいい！」

白い深皿に、透明なフィルムに赤いリボンを結んだ巾着《きんちゃく》がのっている。

「写真、写真撮らなきゃ、撮っていい？」

「料理だけなら許可するのだよ」

「わー、映《ば》える～、可愛い」

スマホで撮影したあと、胸をときめかせてリボンをほどく。すると透明なフィルムの包みが開き、うっとりするような匂いがただよってきた。

中に、マッシュルームやえのき、舞茸《まいたけ》やしめじなど、様々な種類のきのこが入った茶色のコンソメスープがあり、表面がたぷたぷ揺れている。

「いい匂～い」

秋の香りを胸いっぱいに吸い込む。

バターに似てるけど、もっと上等な香り……。この香りって、なんだろう。

「白トリュフも入れておいたので、よく香るはずなのだよ」

「白トリュフ！　すごーい、高級食材だ」

「黒も白も味はほとんど変わらぬが、やはり香りは白のほうがかぐわしい」

「うんうん、知らないけど、めちゃくちゃいい香り。いただきます！」

我慢できずにスプーンをとって、白トリュフが香るきのこのスープを飲みはじめた。

ああ～、この香り、たまらない。

スープはほどよい温度に保たれていて、きのこのやわやわした食感を楽しみながら飲み込むと、口の中でもトリュフが香り、身悶《みもだ》えてしまう。

「っっ、美味しい。やっちゃん、これ美味しい」

「そうであろう、そうであろう」

若い娘は嫌だったんだと愚痴っていた野獣が上機嫌で、ふさふさした長い尻尾《しっぽ》をぱたぱた揺らす。

本当に美味しくて、可憐は一口食べるごとに体が宙に浮きそうな気がした。

すずが、リボンのリングから垂らした銀の鈴をリンリン……と鳴らしながら、カゴに入った小さな丸いパンをもってきてくれる。

手にとると、あたたかい！　二つに割ると、白い生地からふわ〜と湯気が上がった。千切って口へ入れる。

「んんんん、ふかっふかっ。これも好き〜」

すずの小さな顔が、ぱっと輝く。パンを食べる可憐を嬉《うれ》しそうに見上げている。

野獣も尻尾をふりふりしながら、

「そのパンは私のスペシャリテだから、当然なのだよ」

と胸をそらす。

次に運ばれてきたのは、カクテルグラスに盛りつけられたキラキラした琥珀《こはく》色のクラッシュゼリーと、グラスからこぼれ落ちそうなほどのウニだった。

「下はコンソメのジュレなのだよ。ウニも獲れたての新鮮なものを取り寄せたのだよ」

「嬉しーっ、ウニがこんなにいっぱい」

また写真を撮ってから、ひんやりしたスプーンでウニをめいっぱいすくって口へ運ぶ。

「あああああ、美味《おい》しい〜」

口の中いっぱいに、とろけるような食感が広がる。甘くて濃厚でクリーミーで、海の香りがする。

なんて贅沢《ぜいたく》なのっ。

スプーンに山盛りのウニを頬張るという行為自体に、テンションが爆上がりだ。

コンソメのジュレもキラキラしていて宝石みたいで。ウニと一緒にスプーンですくうとふるふると揺れて、口に入れると茶色いジュレがひんやりはじけた。口の中で甘いウニとコクのあるコンソメが混じり合い、最高に美味しい。

「はぁー、すごく豪華な気分」

「次も豪華なのだよ。フォアグラをたっぷり使った鹿肉のパテ・ド・カンパーニュなのだよ」

フォアグラ！

ああ、その麗しくもお高そうな響き！　名前を聞いただけで、可憐はくらくらした。

野獣が可憐の前に皿を置く。白ではなく、黒い皿だ。

赤いテーブルクロスに黒い皿。その上にのっているのは、カットしたパウンドケーキみたいな形をした挽肉《ひきにく》の塊で、すごく厚みがある。脇に、カリフラワーやパプリカ、きゅうりや玉ねぎのピクルスが添えてある。

「さぁ、仕上げに黒トリュフをたっぷりふりかけてやるのだよ」

野獣が、銀色のスライサーとごつごつした黒い石のようなものを出して、可憐の目の前でスライスしはじめた。黒い皿の上に、羽のように薄くスライスした黒いトリュフが、夢のような香りを振りまいて、はらはら落ちてゆく。

黒トリュフと白トリュフだと、白トリュフのほうが香りが強いと野獣が言っていたけれど、黒トリュフもこんなに香り高い。

スマホで動画撮影しながら、お店で買ったらきっとすごくすごく高いんだよねなどと考えていた。

ううん、近所のスーパーでは見たことないから、海外からお取り寄せとかするのかも。

そんな高価で貴重な黒トリュフが、フォアグラ入りのパテ・ド・カンパーニュの上に、こんもりと積もる。

「すごい、すごーい！」

歓声をあげて、可憐はスマホの代わりにナイフとフォークを手に取り、黒トリュフの小山を崩しながらパテ・ド・カンパーニュを切り分け、口へ運んだ。

「んんんんっ、やっちゃん天才」

みっちりつまった鹿の挽肉のパテは、驚くほどなめらかで舌触りがよく、上質な味がする。ところどころにフォアグラの塊がごろっと入っていて、そこはねっとり濃厚だ。

黒トリュフのうっとりする香りも加わって、さらに豪勢な味わいになる。

添えてある野菜のピクルスもコリコリと歯応《はごた》えがあって、ツンとした酸味がパテに合っていて美味しい！

る。


「そうであろう、そうであろう。私は野獣の姿でも天才で素晴らしいのだよ」

野獣が毛だらけの大きな顔をほころばせて、可憐のグラスに赤ワインを注いでくれる。

それもごくごく飲む。

「ちょっとシナモンぽい香りがする。スパイスが利いてる感じ。このお料理と合う～、美味し～」

「可憐は美食に慣れておらぬとメッセージしておったが、舌は確かなのだよ。このワインは、シナモンとスパイスの風味が特徴なのだよ」

「え～嬉しい。パンもおかわりしていい？　このパテを載せて食べたい。あ、ひょっとしてそういうの行儀悪い？」

「かまわぬのだよ。ここは格式高いレストランではなく、うまい料理をくつろいで、おなかいっぱい詰め込むことができるビストロのつもりなのだから。可憐の好きなように食べればよいのだよ。すずよ、パンを持ってきてやれ。ちょぴっとあたためてやるのだよ」

リン、リンと鈴の音を鳴らして、すずがうなずく。頬をゆるめて嬉しそうだ。

ちまちまとてとて歩いて、あたたかくてふかふかの丸いパンを持ってきてくれる。

パンを二つに割って、厚みのあるパテと薄くスライスした黒トリュフをのせ、手で持って大口でかぶりつく。

「美味しいぃぃぃぃ。も、最高、最高すぎ」

　なんて贅沢な食べかただろう。おなかだけでなく、心まで豊かになってゆく。

「可憐は本当にうまそうに食べるのだよ」

　野獣は口もとをほころばせて微笑んでいるようだった。食べる可憐を見る目もなごやかで、可憐は体の中がぬくもってゆくような気がした。

　さっき野獣が、ここはレストランではなくビストロのつもりだから、くつろいで好きなものを好きなように、おなかいっぱい食べてよいのだと言ってくれたときも、素敵な言葉だと思って、胸がほかほかした。

「やっちゃんのお料理って、なんかあったかいよね」

「そろそろ秋だからな。冷たいものよりも、あたたかい料理のほうがよかろうと思ったのだよ。ん？　なぜ、笑うのだ」

「あはっ、そういう意味じゃなくて。きっとやっちゃんは、食べる人のこと考えて、どうしたら美味しく食べてもらえるだろう、びっくりしてもらえるだろう、喜んでもらえるだろうって考えながら、お料理してる気がする。やっちゃんのお料理を食べていると、それが伝わってくるから、やっちゃんのお料理はあったかく感じるんじゃないかな」

　可憐の言葉に野獣はうろたえているみたいだった。高貴な私だの天才の私だのと口では偉そうにしていても、野獣になってからは褒められることがなかったのかもしれない。

そんな野獣の隣で、すずがぽーっとした顔で可憐が語るのを聞いている。

「やっちゃんのお料理がとびきり美味しいのは、お高い材料を贅沢に使ってるからだけじゃなくて。やっちゃんがあたしを喜ばせようって、うーんといっぱい考えて、丁寧に作ってくれたから、こんなに美味しいんだよね」

「……か、可憐は舌だけでなく、目も確か……なのだよ」

野獣がジンとしている声で言う。

「あはっ、そうかな。でも、丁寧に作られたあたたかいお料理ってイイよね」

しみじみと語ったら子供のころのことを思い出して——急に切ない気持ちになってしまった。

「あたしの実家って、両親そろってギャンブル好きの毒親でさ、1DKの古い木造アパートに両親とあたしの三人で住んでたんだよ。二人ともだらしなくて、部屋の中はいっもぐちゃぐちゃで、ごはんも具のないうどんとラーメンばっかりだったな。夏になると、具なしのソーメンになったりしてね」

こんな話をしたら、きっと引かれるだろう。それにそんな家で育ったなんて恥ずかしかったから、今まで婚活相手にも、派遣先の友達にも話したことはない。

あたし、どうしてこんなこと話してるんだろうな……。

せっかく美味しいお料理を食べて、いい気持ちだったのに。

やっちゃんが、可憐は舌も目も確かだって、褒めてくれたから？　具のない雑な麺類《めんるい》ばかり食べて育ったあたしの舌が、そんな上等なはずはないし、あんなゴミだらけの狭い汚部屋で、まっとうな美意識が育つとは思えないのに……。

壁と天井に張り巡らされた鏡に、中学生のころの自分が映り、可憐は驚いて周囲を見渡し、天井を見上げた。

どの鏡にも、過去の無力な自分が映っている。暗い顔でうつむいて、具が入っていないうどんを器に移さず、鍋《なべ》から直接食べている。

空のペットボトルやビールの缶、ラーメンやうどんが入っていたビニール袋や付属の調味料の袋、そんなゴミが無造作に投げ捨てられた部屋で。

パチンコに行っていた両親が罵《のの》り合いながら帰ってきて、狭い部屋の中でまた争う。

——だから、あそこでやめときゃよかったのに！　明日《あした》の利息の支払い、どうすんのさ！

——うるせぇ！　またキャッシングすりゃいいだろ。くそっ、おまえが横でごちゃごちゃ言うからツキが逃げちまったぜ。

——あー、おなかすいた。可憐、早く食っちまいな。鍋があかないじゃないか。

――てか、カップ焼きそばを食い終わったあとの容器があったろ。あれを使えばいいのによ。

――……あれは、カビが生えてたから。捨てた。

――えーっ、そんなの水でゆすいで、そのへんの布で拭《ふ》いとけば平気でしょ。

――……ごちそうさま。

可憐がうどんを食べ終えて、汁を流しに捨てようとすると、また声が飛んでくる。

――もったいない！　うちらが使うからとっときな。って、どこ行くの、可憐。

――……図書館。

――また図書館？　あんた本なんて読まないのに、図書館行ってどうすんの？　まさか勉強なんかしてないよね。そんなの無駄だからね。中学を卒業したらあんたは就職するんだから。

——だな、就職すれば給料も入るし、パチンコの資金が増えて大助かりだ。

そんな言葉が聞こえても傷つかないように、頭と心をぼんやりさせる。

自宅から歩いて十五分先にある図書館は、夜八時まで開いている。アパートにいたくないとき、可憐はいつも図書館へ出かけた。

母は可憐は本を読まないと言っていて、それはそのとおりで。頭の悪い両親から生まれて幼稚園にも行かず、家で絵本を読んでもらった記憶も読み書きを教わったこともないから、可憐は勉強ができないし細かい文字がいっぱい書いてある本も苦手だ。

だけど図書館には、綺麗《きれい》なお城やお屋敷の写真を集めた本がたくさんあって、館内のテーブルやソファー席で、それをめくるのが楽しかったし、憧《あこが》れた。

——こんなお城に住めたらなぁ……。部屋もたくさんあるから、お母さんたちと会わずにすむし。

——この庭も広々してて、犬の散歩ができそう。薔薇《ばら》の花がいっぱい咲いてて素敵だなぁ……。いいなぁ。あたしも、お花畑みたいな大きな庭がある、広くて綺麗な家に住みたいなぁ。

働けるようになったらお金を貯めて、あの家を出て、自分でお屋敷みたいな立派な家を建てるのだ。

外国のお城の写真を、夢見る瞳《ひとみ》で見つめる中学生の自分の姿に、可憐は苦い想いが込み上げてきて、胸が張り裂けそうだった。

だって、二十二歳の可憐は、そんな途方もない夢を叶《かな》えることがどれほど困難かを知っている。

可憐は十五歳で中学を卒業し、小さな事務所で働きながら夜間高校へ通った。

両親にはさんざん文句を言われたが、将来もっとお給料のもらえる職場に転職するために、高校くらいは出ておきたかったのだ。

昼間の仕事の他に、牛丼屋の早朝のバイトも入れた。まかないの牛丼は、パックに入った調理済みの具をあたためてごはんにかけるだけの簡単なもので、脂っぽくて安い味がしたけれど、具なしのうどんやラーメンよりはましだった。

そんなふうに寝る間も惜しんで働いても、親に勝手にカードで貯金をおろされてしまったりして、お金はなかなか貯まらなかった。

――あんたを育てるのに、いくらかかったと思ってるんだい。その分を返してもらってるだけさ。

――駅前のパチンコ屋が新装開店だとよ。可憐、あるだけ金を出せ。倍にして返してやる。

夜間高校を卒業し、トートバッグひとつで実家を出て念願の一人暮らしをはじめた。戸建てではなくアパートで、築三十年、二十平米の狭い部屋だったけれど、ゴミがないだけで、すっきりして、広く見えた。

やっと自分だけの場所を得た。

両親には引っ越し先の住所を教えず、会社も辞めて派遣会社に登録した。

――ここからはじまるんだ。

十八歳の可憐は人生への希望と野心にあふれ、生き生きしている。

正社員に抜擢《ばってき》されて収入が安定したらローンを組んで家を買おう。最初は1LDKのマンションで。多少古くてもいいから駅近で、価格が下がりにくい部屋を。

そこに十年くらい住んだら売って、今度は2LDKの部屋を。

そんなふうに着実にステップアップして、最後は庭つきの一軒家を手に入れるんだ。

「……現実は、全然甘くなかったけどね」

過去の自分を見ながら、可憐は切ない気持ちでつぶやいた。

「派遣から正社員なんて、そう簡単になれるもんじゃないし……派遣でも住宅ローンを組んでマンションを買えるか不動産屋のサービスカウンターで相談したら『ローンがおりないわけではありませんが、ご希望に沿う物件のご購入は頭金を多く入れないと難しいでしょう』って、冷たく言われたし」

——えっ、郊外の1LDKのマンションも無理ってこと？

——今は首都圏はどこも値上がりしてますからね。青山さまのようにお若いかただと、ご両親から援助していただくかたも多いですが、どうでしょう？

そう言われたとき胸がつまって泣きそうになったけど、今は笑ってしまった。

「あはっ、あの親がマンションの頭金を援助してくれるわけないじゃない。援助どころか、あたしのカードで勝手にお金をおろしてパチンコで全部すっちゃって平然としていたような人たちなのに」

不動産カウンターの相談員は、青山さまはまだお若いのですから、今ご無理をして物件を買わずともよいと思いますよ、と言っていた。

可憐に買える物件などないと、見限られたのだ。

——ご結婚されたら、旦那《だんな》さまとペアローンを組んで、より多くの融資も受けられますから。

可憐一人の力では、家を買うなど到底無理だと言わんばかりのアドバイスまでされて。

「悔しかったけど、そのとおりなんだよね。あたしが欲しい家を買うには、あたしよりうんと稼ぎがいい旦那さんとペアローンを組むしかないって気づかせてもらったんだから、感謝しなきゃ」

難しい顔で鏡の中の可憐を見ていた野獣が、静かに尋ねた。

「可憐が婚活をはじめたのは、ペアローンを組む相手を探すためか？」

「うん。最初はね」

「今は違うのか？」

「てゆーか……あたしの理想の家を買える人なんて、同世代じゃまずいないし……ぽんと買えちゃうような人は、それなりの相手を選んでるんだよね。あたしみたいな学歴もない毒親育ちの派遣社員と本気で結婚しようと思ってくれるセレブなんかいないよ。せいぜい愛人候補でしょ。それも若いうちだけで、歳をとったらポイされちゃう系」

自分が婚活相手たちからどんな目で見られているのか、可憐はわかっていた。

みんなちやほやしてくれて、ごはんをオゴってくれたりプレゼントをくれたりするけれど。彼らが可憐に望んでいることは一時の楽しみや慰みで、結婚ではないのだ。

――へー、可憐ちゃん、夜間高校に通ってたんだ。自分で学費稼いでたってすごいね。ご両親はどうしてたの？

そんな無神経なことを訊《き》いてくる相手が、ああ、この子はまともな家で育った子じゃないんだな、遊び相手にはいいけれど結婚はナシだなと考えていることが、顔つきや声から伝わってくる。

「婚活ってさ……自分の価値を、これでもかってほどつきつけられるよね。まぁ、あたしも理想の家が欲しくてペアローンの相手を探してるわけだから、どっちもどっちで、おあいこなんだけどさ。最近は疲れちゃって……メッセージが来ても返信してなかったんだ」

「私にはイケイケのメッセージを送ってよこしたではないか」

「あはっ、それは、あーんな素敵な庭とお屋敷を見せられちゃったらさ。ぐいぐい行くしかないでしょ。薔薇の庭も、白い飾り窓がいっぱいあるお屋敷も、長い廊下も、扉も彫刻も、この鏡の部屋も、赤いテーブルクロスも、実際に見てみて全部ドキドキしたし、わくわくした。やっちゃんのお料理も最高だったしね！」

くすん……と、洟《はな》をすする音がして、可憐がそちらを見ると、すずが床にしゃがみ込み、小さな手で顔をおおって細い肩を震わせていた。

え！　すずちゃん泣いてる？

可憐のすさんだ家庭環境を見てしまって、小さな女の子にはショックだったのだろう。

「すずちゃん、あれはもう終わったことだから。ごめんね、すずちゃん」

床に膝《ひざ》をついてなだめるが、すずは、リボンのリングから垂らした鈴を揺らし、リンリン……リン……という儚《はかな》い音の合間に、すん、すん、と鼻を鳴らしている。

「すずよ、お手伝いの最中に泣いてはいかんのだよ」

野獣がすずに近づくと、すずが顔をおおっていた両手をおずおずとはなした。

鼻の頭が赤い。目も真っ赤で、頬が涙でぐちゃぐちゃだ。

野獣は床に膝をつくと自分のチーフをはずして、すずの涙を拭《ふ》きはじめた。

口調はぶっきらぼうだけど、優しい手つきだった。

「私のチーフがすずの涙と洟水でぐちゃぐちゃだ。全自動洗濯機と乾燥機を取り寄せておいて良かったのだよ。だからといってまた泣くのではないぞ」

すずがうるんだ目をしばたたかせて、こくりとうなずく。

「そのままだと顔が涙の塩分でかぴかぴになるので、顔を洗ってくるのだよ。タオルもふかふかのやつを使ってよいのだよ」

リン……と鈴が鳴って、またこくりとうなずき、すずはちまちまとてとてキッチンの奥の扉のほうへ歩いてゆき、その向こうへ消えた。

「さて、私もメインの料理を仕上げるのだよ」

野獣がたてがみを、ふぁさっとなびかせ立ち上がる。まだ床に膝をついている可憐のほうへ毛だらけのいかつい顔を向けて、尊大に言った。

「可憐も席に着くのだよ。今宵《こよい》のディナーの最大のお楽しみはこれからだ。私が可憐に、とびっっっっっきり豪勢な料理を食わせてやるのだよ」


キッチンから香ばしい匂いがただよいはじめたころ、すずが戻ってきた。

銀のトレイに載せたおひさま色の飲み物を、可憐の前に慎重に慎重におく。

「ありがとう。おかえりなさい、すずちゃん」

すずはまだ目が赤かったが、恥ずかしそうにぺこり……とお辞儀をして、キッチンのほうへちまちまとてとて戻って行った。

おひさまの色をした飲み物は氷が入っていて、小さな泡が立っている。オレンジとハーブと、ちょっぴりスパイスの香りがする。

「甘くて美味《おい》しい……」

気持ちを落ち着かせてくれるような、甘さと爽《さわ》やかさだ。

鏡で過去の自分を見ていたときは、あんなに切なくて苦しくて、胸がざわざわしていたのに……。

全部夢みたいだなぁ。

このお屋敷も、野獣のやっちゃんも、メイドのすずちゃんも、鏡の中に流れていた光景も、美味しいお酒やお料理も。

目を覚ましたら消えちゃうのかな。だとしたら淋《さび》しいな。

そこへ野獣がメインの料理を運んできた。片手に鍋《なべ》を、片手にトングを持ち、その横に白い深皿を両手で持ったすずがいる。

まず、すずが赤いテーブルクロスの上に白い深皿を置く。

中華料理のおこげのような、お米を焼いて固めたものが入っている。

「さぁ、大盤振る舞いなのだよ！」

野獣が部屋中にとどろく声を上げ、片手鍋の中身をトングでつかんで置いてゆく。

「まず、ホタテなのだよ！」

肉厚でぷりぷりのホタテの貝柱が現れる。

「次は、あわびなのだ！　ホタテよりコリコリしているのだよ！」

上にサイコロ状に切れ目を入れた高級食材のあわびが、ホタテの隣に並ぶ。

「ムール貝もあるのだよ」

殻付きのムール貝が加わり、

「ええい、イカと鯛《たい》も入れてやるのだよ！」

白くてやわらかそうなイカの切り身と、ピンクの鱗《うろこ》をカリカリに焼いて逆立てた鯛の切り身まで出てきて。

「最後はこれなのだよっ！」

と背中を切り開いた大きなオマール海老《えび》が、絶対王者の威厳をまとって中央に降臨する。そこに魚介で出汁《だし》をとった白ワインとバターとハーブの熱々のスープを、ぶっかける。豪華な海の食材が白い波を浴び、ハーブとバターの香りが湯気と一緒にあざやかに立ちのぼる。

オマール海老やムール貝のあいだに、なぜかハートの形の人参《にんじん》がひとつゆらゆら浮いているのもエモい！　可愛い！

「海の幸の豪華饗宴《きょうえん》、バターと白ワインのリゾット、おこげ風なのだよ」

「すごい、すごい、すご――――い！」

可憐ははしゃぎっぱなしだ。

だってこんなの絶対美味しいに決まってる！

スマホで撮影することも忘れて、一秒でも早くこのご馳走《ちそう》を味わいたくて、スプーンとフォークをつかんだ。

右手のスプーンで、白いスープをすくって口へ運ぶ。白ワインの風味とバターとハーブの香り、それに魚介の旨《うま》みで、とんでもないことになっている。

「やっちゃん、このスープ美味しすぎだよっ。スープだけでバケツいっぱいいけちゃうよ」

「そうであろう、そうであろう、だがスープだけで満足してもらっては困るのだよ。さらなる海のスターたちが可憐を待っているのだよ」

「うんっ、いただきます」

右手のスプーンと左手のフォークで、まずあわびを攻略する。サイコロ状に切れ目が入っているので、そこにスプーンを差し入れ押さえつけ、フォークで切り分ける。そうやって大きなかたまりを噛《か》みしめれば、海のエキスとともに幸せが口の中にあふれ出す。

うーっ、この弾力たまらない。

今度はホタテに挑む。

んーっ、やわらかい。ホタテはこのやわらかさが正義！

バターと白ワインをたっぷり吸ったムール貝も悶絶《もんぜつ》しそうな美味しさで、鯛はパリパリに焼いた鱗がたまらない！　身はふっくらしていて、噛めばほろほろと崩れるほどに儚い。

普段食べ慣れているイカだって、一味違う高級な味がする。厚みがあるのに歯切れがよくて気持ちイイ。

そして、優美なフォルムを見ているだけでうっとりしてしまうオマール海老。

背中が切り開かれて、ぷりぷりの身がむきだしになっている。それをスプーンでほじくり返すようにして切りわけ、口へ入れる。

「どうしよう、オマール海老が美味しすぎて涙出そう、すんごくぷりぷりして、旨みたっぷり」

「そうであろう、そうであろう。だが泣かれるのは苦手なのだよ。そこはぐっと堪えるのだよ」

「うん、頑張る。でも美味しい。くーっ、泣ける。美味しい」

具なしのうどんやラーメンばかり食べていた子供のころ、いつか具がたくさん入った、めちゃくちゃ贅沢《ぜいたく》なシチューやカレーや五目ラーメンを食べてみたいと想像していた。

きっととっっっても美味しいんだろうなぁ。

その夢はいつのまにか忘れてしまって、一人暮らしのアパートの、コンロがひとつしかないキッチンで作るカレーは、パックをあたためて食べるやつばかりだけど。

そうだ、あたしは具がいっっっぱいの、こんなごはんが食べたかったんだ。

「もしかして、あたし今、夢を叶《かな》えちゃってる？」

魚介の底に沈んでいたおこげを、スープでくずしていただくのも喜びしかなく、具をすっかり食べ終えた白いスープに、ゆらゆら浮かんでいるハートの形をした人参を、にっこりしてスプーンですくい口へ入れると、胸がほんわりするような甘い、甘い、味がした。

最後の一口まで楽しくて美味しくて、嬉《うれ》しかった。

「ごちそうさま、やっちゃん。最高に贅沢で、あたしが今まで食べたごはんの中で一番美味しかったよ。やっちゃんはやっぱりすごいね。あたしが食べたかったものを、やっちゃんはわかってたんだね」

「ふふんっ、当然なのだよ」

野獣はすまし顔だが、ふさふさの尻尾《しっぽ》がぴょこぴょこ揺れている。

そんな野獣の隣で、すずがほんのり頬をゆるめている。

「どうなのだよ、可憐。そろそろ私に惚《ほ》れてしまったのではないか」

「うん、あたし、やっちゃんのこと好きだなぁ」

野獣の毛がぶわっとふくらみ、目を丸くして可憐のほうへやってきて、

「ほほほほ、本当か？」

と、うろたえながら尋ねる。

可憐は素直な気持ちで、うなずいた。

「本当だよ。やっちゃんは、おもしろくて可愛くて、ふさふさしたたてがみも尻尾も素

敵だし、あたたかいお料理を作ってくれるから、大好き」

野獣が感極まったというように目をぎゅっと閉じ、天井を仰いで震える。

「ようやく私が王子に戻るときが来たのだよ」

そうつぶやき目を開けると、

「ちょ、ちょ、ちょっとだけ待つのだよ、可憐。今デザートを持ってくるから、待つのだよ、焦ってはいかんのだよ」

そう言って、転びそうなほどの急ぎ足でキッチンへ戻り、今までの十倍くらいの速さで、くるくるしゃかしゃか動き回り、ほんの十分ほどでデザートの皿をかかげて戻ってきた。

「お待たせなのだよ。このデザートは可憐に捧《ささ》げる私の気持ちなのだよ」

野獣が可憐の前に置いた皿には、チョコレートがとろとろにかかったプチシューの塔がある。プチシューは底に飴《あめ》を糊《のり》がわりに塗って崩れないようにしている。たっぷりのチョコレートも魅力的だ。

「お城みたい！」

可憐が歓声をあげると、野獣が「その通りなのだよ」と大きくうなずいてみせ、キリッとした顔つきで可憐を見て言った。

「可憐よ。最初に可憐が若すぎると遠ざけていたことを、私は猛烈に悔やんでおるのだよ。可憐が私の料理をあたたかいと褒めてくれたとき、震えるほど嬉しかった。可憐は物事の本質を見極める賢さを持った素晴らしい女性だ。私は可憐の夢を叶えたい」

具がたっぷりの贅沢なごはんを食べるという可憐の小さな夢は叶った。目の前で可憐を熱い眼差《まなざ》しで見つめているシェフコートを着た野獣が叶えてくれた。

まだ叶っていない大きな夢は、広い庭のある、お城みたいな家に住むこと。

その夢も、やっちゃんが叶えてくれるの？

「私の妻になって、この屋敷で一緒に暮らさないか？　どうか私と結婚の誓いをしてほしい」

すずが両手を胸の前でぎゅっと組み合わせて、可憐の答えを待っている。

可憐は左手を自分の額にあて、

「う――――ん……」

と、考え込んだ。

「返事が欲しいのだよ」

「うん、今考えてるから」

「なぜ考える必要があるのだよ。私と今すぐ結婚の誓いをして、ケーキ入刀をすればよいのだよ。そしたら私は金髪の王子に戻って、この屋敷で末永く幸せに暮らすのだよ」

可憐が返事に悩んでいるのが、野獣は不満な様子だ。

けれど可憐にとっても一生の問題だ。ちゃんと確認しておかなければ。

「あたしがやっちゃんと結婚の誓いをしたら、やっちゃんは魔法が解けて王子さまに戻るんだよね？」

「そうなのだよ。王子の私は神のごとき美青年で、娘たちの憧《あこが》れの的だったのだよ」

「じゃあ、このお屋敷はどうなるの？　ここって魔法で保ってる感じじゃない？　やっちゃんが王子さまに戻ったら、このお屋敷は消えちゃったりしない？」

野獣も今気づいたというようにハッとし、うろたえはじめた。

「そそそ、それは、実際に魔法が解けてみなければわからぬのだよ。まぁ、この屋敷が消えてしまっても、私は王子だから他にも城があるし、可憐の好きなように新しい城を建ててもよいのだよ」

「やっちゃんが王子さまだったのって、ずっと昔でしょう？　もう百年とか二百年とか経ってるよね？　そしたら、やっちゃんの知ってる人も全員亡くなってるし、お城も残ってないかも」

「うぐっ！」

野獣が喉《のど》にカエルでもつまらせたような声を出す。

「お城がなければ、やっちゃん、家なし、職なし、収入なしのプー太郎さんだよね」

「わ、私が……プー」

野獣は衝撃を受けているようだった。すずもおろおろと野獣を見上げている。

可憐はさらに続けた。

「それにやっちゃんってプロフでは三十二歳だったけど、実際は百歳超えのおじいさんでしょう？　魔法が解けたら、浦島太郎《うらしまたろう》みたいにいっきに老化して、そのままぽっくり逝っちゃったりしない？」

「ぽ、ぽっくり……っ！」

「あたし、やっちゃんがおじいさんになっていきなり介護に突入するのも、ぽっくり逝っちゃったやっちゃんの遺体引受人として火葬場の手配するのもヤダし」

「こらこら！　そうなるとはかぎらぬのだよっ！」

「う～んでも、そうなるリスクはあるわけで。やっぱりまだそこまでチャレンジできないってゆーか。そういうのってほら、勢いが大切だし。今ちょっと冷静になっちゃってるし」

可憐は明るく言った。

「だからやっちゃんとは結婚できないよ。ごめんね～！」

◇　　◇　　◇

プチシューの中身はバニラ味のアイスクリームだった。やわやわとしたシュー生地の中から冷たいアイスが現れ、たっぷりのチョコレートソースとからむ。チョコレートがビターなのも、甘いアイスと合っていて美味《お》しい。

ひとつひとつプチシューの塔を崩していって、〆《しめ》にミルクたっぷりのカフェオレと、小さなトリュフチョコレートをゆっくり味わって、可憐は席を立った。

「ごちそうさま〜、やっちゃん！　最高にスペシャルなディナーだったよ！」

「お代は二十二万六千三百五十二円なのだよ」

「え、お金取るの？　しかもなにそのみみっちい端数」

「自分が食べた分は払うと言ったのは可憐なのだよ。私のプロポーズを断る女性にごちそうはできないのだよ。お会計は割り勘なのだよ」

野獣が不貞腐《ふてくさ》れまくりなのが可愛くておかしくて、可憐は笑ってしまった。

「もう、セコいこと言わないの。せっかく爆上がりしたやっちゃんの評価が下がっちゃうでしょう」

「ふんっ。結婚してくれる見込みのない小娘の評価など、ストップ安になってもへとも思わぬのだよ」

見込みがないわけじゃないんだけどなぁ、でも今は言わないでおこう。

「そうだ、すずちゃんと写真撮るんだった。すずちゃん、こっちきて。やっちゃんも入って」

「私は撮影禁止なのだよっ！」

野獣がふさふさの尻尾をピーン！　と立ててわめく。

おろおろするすずの細い肩を抱き寄せ、やわらかなほっぺに頬を寄せて、

「はい、すずちゃん、笑って」

カシャリ、というスマホのシャッター音と、リ――ン！　という鈴の音が綺麗《きれい》に重なった。

可憐が撮った画像には、笑顔の可憐と、目を丸くしてびっくりしているすずと、その横にピーンと立った灰色の尻尾が写っていた。

野獣はずっと文句を言っていたけれど、可憐から食事の代金を取り立てたりしなかった。

来たときと同じ廊下をすずの先導で進み、外へ出る。

広々した庭で香り高い薔薇《ばら》たちが、気持ちよさそうに月の光を浴びている。

「すずちゃんも今日は、いっぱいおもてなししてくれてありがと。写真は今度来たときプリントアウトして、すずちゃんにあげるね」

リボンのリングから垂らした銀の鈴が、リン……と愛らしく鳴る。

こくり、とすずがはにかんでいる顔でうなずく。

この小さな女の子が、どうして野獣のところにいるのかわからないけれど、気持ちを胸の奥に押し込めて、それを出すことを怖がっているようなところが昔の自分と重なって、可憐は気になっていた。

それでも、すずが泣いてしまったとき、野獣がすぐに近寄り優しい手つきで顔を拭《ふ》いていたことや、野獣が褒められるとすずも嬉《うれ》しそうに頬や口もとをゆるめていたことを思い返して、あたたかな気持ちになる。

鈴をリン、リン、と鳴らして、すずが深々とお辞儀をする。

「ほんじつは、ありがとうございました……またのおこしを、こころより、お待ちしております」

うん、また来よう。

やっちゃんのごはんを食べたいし、すずちゃんとも仲良くなりたいから。

薔薇に挟まれた小道を、この上なく満ち足りた気持ちで可憐はゆっくり、ゆっくり、歩いてゆく。

優しいものや、美しいものだけが、視界に広がっている。

そう、また来よう。

この薔薇の庭とお屋敷は、何度でも訪れたいほど素敵だ。

月の光を浴びて咲き匂う薔薇に囲まれて、可憐は朗らかに声を上げた。

「ああああ、美味しかった〜〜〜！」

幕間《アントラクト》

「やっぱり若い娘は、気まぐれに私の心をハートブレイクさせてゆくのだよ。もう若い娘は対象外にするのだよ。向こうからぐいぐいきても、ふんっ、なのだよ」

食洗機に皿や鍋《なべ》をがちゃがちゃ並べながら、野獣は床を尻尾《しっぽ》でぺしぺし叩《たた》いた。

「私を好きと言っておきながら、私が王子に戻ったら屋敷も消えて無職の宿無しになるかもしれないから結婚できないとは何事なのだよ。私より屋敷目当てか？　しかも私がいっきにじいさんになって、ぽっくり逝ってしまうかもしれないだなんて、人を不安にさせるようなことを言うのはよくないのだよ。べ、別に……心配してるわけではないの……だよ」

後ろを、ちょっと振り返る。

さっきからまったく鈴の音が聞こえてこないので、気になったのだ。

両手でおたまを持ったすずが悲しそうに目を伏せているのを見て、野獣は慌てた。

きっと野獣がぽっくり逝ってしまう場面を想像してしまったのだろう。

「すずよ、しめっぽい顔はよすのだよ。私は魔法が解けてもぽっくり逝ったりはせん。じいさんにもならんし、美男で金髪の二十歳の王子に戻るだけなのだよ」

けれど野獣がいくら言い聞かせても、すずはしょんぼりしている。

もしかしたら……可憐の過去を鏡で見てしまったからかもしれない。

自分の母親のことを思い出したのかも――。

いかんのだよ。

野獣はいまいましく、もどかしい気持ちで、いっぱいになった。

鏡のやつめ、なんというものを映してくれたのだ。

鏡に映る情景は、野獣の心に呼応して現れる。野獣が心に強く思うものの過去や現在の姿が映し出されるのだ。

婚活相手に会う前から、あちらの情報を収集できたりと役立つこともあるが、情報を選別することはできない。鏡が一方的に流す情報の中には、腹立たしいものや、目をそむけたくなるものもたくさんあった。

すずの過去も、胸が痛くなるものだった。

出会った当時、すずは今よりもっと無表情な子供だった。ようやく少しは口もとや頬をゆるめたり、目をなごませたりするようになったのに、またあのころに戻ってしまっては大変だ。すずの気持ちを引き上げてやらないと。

野獣は胸をぐいっとそらし、力強く威厳にあふれた声で言った。

「すずよ、私はそういうどんよりした顔は嫌いなのだよ。すずがそういう暗い顔をしていると、もやもやして気分が悪いのだよ。プチシューの皮がたくさん余っているから、アイスでもジャムでも好きなものを入れて食べるのだよ。チョコを入れるのもお勧めなのだよ。そうすれば美味しすぎて、どんよりしておられぬのだよ」

いつもならすずは、リン……と鈴を鳴らして、こくりとうなずき、野獣が作ったごはんやお菓子を食べて、頬をゆるめて小さな声で『やじゅうさま……これ、おいしい……すき……』と一生懸命に言葉を紡ぐはずだった。

それが今日のすずは、強く叱られたり、なにか酷《ひど》いことを言われたときのように口をへの字にして、哀しそうな顔になった。

どんよりが、いかんかったのか？　いや、私は怒っているわけではないのだよ。

そう伝えたいが、うまくいかない。

ただでさえ野太い声が、焦るほど荒々しくなる。

「すずよ、言いたいことがあれば、はっきり言うのだよ。そうやって心に溜《た》め込んでうじうじしているのも、私はうっとうしいのだよ」

しまった！　うっとうしいはいかんかった！

すずはうつむきすぎて、小さい頭とリボンのリングに下げた鈴が床につきそうだ。

すん……と、洟《はな》をすする音まで聞こえてきて。

ああああ、また泣かせてしまったのだよ。

泣き顔を見られたらまた叱られると思ったのか、すずは掠《かす》れた声で、

「し、しつれい……します」

と言って、顔を下に向けたまま、キッチンの奥のドアのほうへ、鈴の音をリンリン鳴

らしてよろよろ走ってゆき、ドアに頭をこつん、とぶつけてしまい――それでも顔を一度も上げず、小さな手で首のリボンを留めているリングに、ぎゅっとふれた――。

リーン……。

銀色のチェーンの先に垂らした鈴が揺れ、儚《はかな》い音色がし、すずの姿はその場で溶けるように消えてしまった。

キッチンから別の部屋へ移動するためのドアは、閉じたままだ。

カーテンを開け放った広い部屋に、野獣は一人取り残され、

「いかんだよぉぉぉ！　どうするのだよぉ！」

と、わめいたのだった。

壁にも天井にも、野獣の情けない顔が映っていた。

第四話　すずの幸福《ボヌール》
～とろとろチーズと人参のキッシュロレーヌ

「頼みがあるのだよ」

野獣はひどいしかめっつらで、そう言った。

両手で持った木の板に、艶《なま》めかしい生ハムや、厚切りのベーコン、ぷりぷりと張りのある皮つきソーセージや、粗挽《あらびき》肉のテリーヌ、クラッカーに載ったレーズン入りのレバーペーストなどのシャルキュトリーが、大量に盛りつけられている。

夏の熱風の代わりに涼しい秋の風が吹き、過ごしやすくなった十月の夜。

野獣のビストロには、コマチ、雅、可憐の三人の美女たちが勢揃いしていた。

三人とも野獣にさんざん期待を持たせて、あっさりプロポーズを断った腹の立つ女性たちだ。その後、予約もせずに野獣のビストロへやってきては、あれが食べたい、これを作って、ワインのおかわりも欲しいわ、などと好き放題注文し、料理を食べてゆくようになった。

「急に来られても困るのだよっ」

「あら、食材は野獣さんが念じれば、即お取り寄せ可能なんでしょう？」

「えええっ、そうなんだ、便利すぎ〜」

「それなら予約なしでも平気ね。わたし、今日は蝦夷鹿《えぞしか》のローストが食べたいな」

「やっちゃん、あたしはかぼちゃのリゾットね！　かぼちゃをくり抜いて器にして、カットしたかぼちゃがごろごろ入ってるやつ」

「ふふっ、わたしはジロール茸《だけ》のバターソテーをお願い。それとワインとバゲットを」

「え、ジロール茸ってなになに？　雅さん」

「フランスの家庭でよく食べられているきのこよ。杏《あんず》みたいな橙色《だいだいいろ》で、香りも杏のように甘いの」

「うわぁ、杏の香りのきのこエモい。あたしもそれちょうだい、やっちゃん」

「わたしも！　ジロール茸追加で！」

野獣のビストロで顔を合わせるようになった三人は、たちまち仲良くなり、野獣をネタに盛り上がっている。

「でね、わたしのときは、なかなかカーテンの外へ出てこなくてさ、三品目のホタテのムニエルまで引っ張ったのよ。天井の鏡に尻尾《しっぽ》がちらちら映ってたけど」

「わたしのときは怒って飛び出してきたのだったわね。わたしが、ふかふかのパンよりバゲット派だと言ったから」

「えー、それだけでキレちゃったの？　堪《こら》え性ないなぁ、やっちゃん。あたしはアペリティフのシャンパンを飲んでるときに、自分から『えいっ！』ってカーテンを持ち上げちゃった」

「やるわね、可憐さん」

「あはは、最高。そのときの慌てっぷり、見たかったな」

「そうそう、わたしのときは年齢詐称がバレてもじもじしていたわ」

「なにその話？　プロフィールでは三十二歳だったけど。あれ適当だったの？　本当はいくつなの？」

「ふふっ、魔法にかけられたときは二十歳だったのですって」

「やっちゃん、あたしより年下だったんだ！」

「うわぁ、二十歳なんてまだ学生じゃない。それなら、あの子供っぽさも納得だけど、野獣としては三百年くらい生きてるわけでしょ？　三百年かけて精神年齢が二十歳のまま って残念すぎ。もう野獣さんじゃなくて、野獣くんって呼んじゃお」

そんなふうに言いたい放題で、お酒や料理もどんどん追加する。

「だって材料費はかかってないし、野獣くん税務署に開業届出してないよね。そしたら、わたしたちから代金とったら脱税になっちゃうよ」

「コマチさんの言うとおりね。区の保健所に営業許可ももらっていないでしょう」

「あたしたちからお金とったら、やっちゃん、逮捕されちゃうんだ。ならタダでごちそうになるのが、あたしたちの思いやりだね」

「可憐ちゃん、いいこと言った！」

今夜もまた三人はひとつのテーブルで、婚活トーク、女子トーク、野獣トークに花を咲かせていた。

その三人が、注文していないシャルキュトリーの盛り合わせを持ってやってきた野獣に、怪訝《けげん》そうな顔を向ける。

「頼みって、なにかしら？」

最年長の雅が、艶《つや》っぽい目で見上げてくる。

「うぅ……」

あらためて訊《き》かれると、話しづらい。だいたいどこから話せばよいのやら……。

野獣がしかめっつらで唸《うな》っているので、面倒見のよいコマチが、

「ほら、お姉さんたちが力になるから、困ってることがあるなら言ってみなさいよ」

と明るい顔でうながす。

その横で可憐が、野獣に向かって急に真面目な顔になって尋ねた。

「もしかして……すずちゃんのこと？」

コマチと雅もハッとした表情を浮かべる。

野獣がすずに『うっとうしい』と失言してしまったあの晩以来、すずは一度も屋敷を訪れていない。

コマチたちに、今日はすずちゃんはお休みかと訊かれて、新学期がはじまったので、すずも忙しいのだよと、ぶっきらぼうに返していた。

そんな野獣の態度を三人ともおかしいと思っていたようで、

「やっぱりねぇ」

「そうね。すずちゃんのこと訊くと、不自然に話を切り上げていたものね」

コマチも雅もうなずき、一番すずを気にかけていた可憐は、いっそう暗い顔つきになった。

野獣もついに観念し、木の板に盛り合わせたシャルキュトリーをテーブルに置き、うなだれた。シェフコートの上着からはみでた灰色の尻尾が、しおしおと下がってゆく。

「すずが来なくなってしまったのだよ。こんなに長いあいだすずが来ないことは、この二年のあいだ一度もなかったのだよ。鏡で、すずの様子を見ることはできるが……私の声は、すずに届かぬのだよ。なのにすずは今とても困っているのだ。私は性悪な仙女がかけた魔法のせいで、庭の外へ出られない。この天才料理人秘伝のシャルキュトリーをサービスするから、私に力を貸してほしいのだよ」

◇　◇　◇

すずが『やじゅうさま』と初めて会ったのは、小学一年生の雪の日だった。

外は朝から真っ白で、このあと、もっとたくさん雪が降り、電車やバスが止まってしまうからと、お昼のあと全員下校になった。

すずは電車で二つ先の駅にある私立の小学校に通っている。

いつも一人でおうちを出て、一人で帰宅する。

この日は、同級生のお母さんたちがたくさん迎えに来ていて、お迎えのない子も、友達のお母さんに「アヤちゃんも車に乗ってゆきなさい。おうちまで送ってあげるわ」とか、「カズキくんのママに頼まれたのよ。ママのお仕事が終わるまで、うちでコウくんと宿題をするといいわ。おやつも用意しておいたから」と声をかけられていた。

ランドセルを背負ったすずは、うつむいて校門を出ていった。

あら、すずちゃん、一人なの？　雪が降っていて危ないから送るわ、と声をかけてくれるお母さんも、すずちゃん、いっしょに帰ろう、と誘ってくれる同級生もいない。

そもそもすずは友達がいない。教室で誰かと話すこともなく、休み時間はいつも一人で椅子に座ってぼんやりしていた。

誰かに「すずちゃん」と名前で呼ばれること自体、なかったのだ。

すずのたった一人の家族であるおかあさんは、すずのことをひんやりした声で「あなた」としか呼ばない。

――あなたにかまってあげられるほど、わたしは暇ではないの。わずらわしいことはごめんよ。いい成績をとってほしいとか、絵や作文で表彰されてほしいとか、スポーツで才能を発揮するとかは望んでいないから、おとなしくしていて。

――あなたがわたしの邪魔にならなければ、わたしもあなたをうっとうしく思わずにすむでしょう。

おかあさんがおうちに帰ってくることはとても少なかったけれど、おかあさんに、うっとうしい子ね、と言われるのは、想像しただけで胸が冷たくなって哀しくてたまらなかったし、たとえ口に出さなくても、おかあさんのひんやりした目にトゲのようなものが浮かぶとき、おかあさんはすずのことを『うっとうしい』と思ってるんだな……とわかってしまった。

きっとすずは、おかあさんにとって、いらない子で、生まれてきただけでうっとうしくて、わずらわしくて、迷惑な子なのだ。

電車はまだ動いていたけれど、地下鉄の改札を出たら家も道路も全部真っ白で、重たい雪がぐるぐる舞っていた。雪のせいで前がよく見えなくて、革靴をはいた足も雪の中にずぼずぼ埋まって靴下がぐしょぐしょだ。

そんな日に白い息を吐きながら、高い塀の横の坂道を上っていって、普段の三倍の時間をかけて、おうちに辿《たど》り着くころには、まつげにも頭にも雪がこんもりつもり、手も足も唇も寒くて冷たくて、ぶるぶる震えていた。

すずのおうちは二階建ての古い建物で、おかあさんは子供のころからここで暮らしていたという。そのころは、おかあさんの家族がいたのだろうけど、すずが物心ついたときにはもう、おかあさんとすずの二人だけだった。

おとうさんは、いたのかどうかもわからない。おかあさんは、おとうさんの話をまったくしないし、すずも訊かない。

ただ、おかあさんは、一人でこのおうちにいたとき、さびしくなかったのかな……と考えたりする。

古いおうちに一人でいるとき、すずは心がとても寒く感じる。

きっとこれが、さびしい、という気持ちなのだろう。

おかあさんも……さびしいと思ったり……したのかな。

かじかむ手で玄関のドアに鍵《かぎ》を差して、おうちの中へ入った。

ただいま、とは言わない。

だって、おかあさんはいないから。

平日だけでなく休日もお仕事で留守にしていて、三日くらい帰ってこないこともある。

おうちはとても古くて、あちこち隙間があるから、部屋にいても寒いし体がぶるぶるするのが止まらない。

エアコンをつければ、あたたかくなるだろう。

けど玄関の明かりをつけようと、スイッチをぱちりとしても暗いままだった。

リビングへ行って、またスイッチをぱちりとする。

やっぱり明るくならない。

雪の影響で停電していたのだが、すずは古いおうちが、とうとう死んでしまったのかと思った。

雪で濡《ぬ》れた制服を脱いで、セーターを着て——、コートとマフラーはびしょびしょで着られなかったので頭から毛布をかぶったけれど、寒くて仕方がない。

窓の隙間からひえびえとした風が吹き込んでくる。

すずは毛布をずるずる引きずり、あたたかい場所を求めて移動した。狭くて急な階段をキシキシ音を立ててのぼって二階へゆき、物置に使っている部屋の押入れを開ける。

押入れの中なら風が入ってこなくて、あたたかく思えたのだ。

そこは、おかあさんの荷物でいっぱいで、すずが入れるスペースがなかったから、中のものを外に出すことにした。

すずが読めない外国の言葉で書かれた本が隙間なくぎっしりつまっていて、真ん中のちょっとはみ出ていた本を引っ張ったら、他の本も一度にくずれて、すずのほうへなだれ落ちてきた。

ばさばさっ、どさどさと、電気がついていない暗い部屋で大きな音がして、すずはとっさに目を閉じた。

おそるおそる目を開けると、周りに本が散らばっていて、その中に本と同じくらいの大きさの木の箱があった。

蓋《ふた》が開いて、中身がこぼれている。

灰色や白や黒の、石の破片。

それから、外国の言葉が書いてある札を貼りつけた、銀色の輪。

ゆびわ……？

くすんだ石の破片の中で、その指輪だけが今さっき丁寧に磨き上げたみたいに、つやつやしている。

手にとると、指輪に貼ってあった札が、はらりと落ちた。

幅が広く、表面に薔薇《ばら》の模様が刻まれている。

おかあさんのゆびわなのかな……。

すずは指輪を右手の中指にはめてみた。

なぜだか指輪が、すずにそうしてほしがっているように思えたのだ。


——わたしをはめて、念じて。


そんな声が聞こえたような気がして。

すずの指にはぶかぶかの指輪は、指の付け根まですとんと落ちていった。

またどこからか風が吹き込んできて、すずは両手を組んでぶるぶる震えた。


あたたかいとこへ……いきたい。

心の中でそう願った瞬間、体がふわっと宙に浮くような感覚があり、すずは知らない場所に毛布をかぶったままぺたりと座り込んでいた。

広々とした庭には、やわらかな明るい陽射しが降り注いでいて、赤やピンク、白や黄色の、たくさんの薔薇の花がそよ風に揺れ、甘い芳香を放っている。

あたたかな空気に包まれて、すずの体もぬくもってゆく。

ここ……どこなんだろう。

ぼーっとしていたら、偉そうな声が聞こえてきたのだ。

「ん？　子供が迷い込んだのか？　なぜおまえは、毛布をかぶっておるのだよ？」

大きな顔にライオンみたいな灰色のたてがみを生やしていて、頭にねじれた角があり、口の両端から牙《きば》が突き出ていて、ふさふさした尻尾《しっぽ》まで生えている。

襟や袖《そで》に飾りのついた豪華な服を着ているけれど、人ではない。すずが見たこともない生き物が、むっつりした顔ですずを見下ろしている。

「おまえは、私の結婚相手には若すぎる。子供に用はないのだよ。この道をまっすぐ進めば外へ出られるから、ママたちのところへ帰るのだよ」

すずは返事をせず、ただ目の前のその人を、ぼーっと見上げていた。

「東洋人の子供に見えるが、私の言葉がわからぬのか？」

彼が今度は別の国の言葉でなにか言った。多分英語だと思うけど……内容まで聞きとれない。

「むっ、英語もダメか。では中国語は？」

これもダメか、これはどうだ？　これならいけるか？　と、別の国の言葉で五回くらい話しかけられただろうか？

すずがずっとぼーっとしているので、彼はますますしかめっつらになり、鋭い牙の生えた口を横に引き結び、うぅぅぅと唸《うな》った。

学校の先生は、すずがいつも無反応でぼーっとしているので、あきれたようにため息をつき『もういいわ。片瀬《かたせ》さんは人の話をちゃんと聞きましょうね』と言う。

先生もすずのことを、わずらわしくて面倒くさい子だと思っているのだと、胸がシンと冷えて、息が苦しくなった。

この人も、きっとそう思っている。だからこんなふうに顔をしかめて唸っているのだ。

すずが哀しい気持ちになったとき、

「なら、フランス語はどうなのだよ？」

薔薇が花弁を優しく揺らすような……やわらかで匂やかで……懐かしい響きの言葉が、彼の大きな口からこぼれた。

「なぜ、おまえは、ここにいるのだよ《Pourquoi êtes vous là》？」

やっぱり意味はわからなかった。

すずは、フランス語なんて知らない。

なのに、懐かしいという気持ちで胸がぱんぱんになって――苦しくて、嬉しくて、切なくて、涙が一粒、手のひらにぽろりとこぼれた。

「わっ！　泣かれるのは困るのだよ。それ以上、目からぽろぽろ塩水を垂れ流してはいかんのだよ」

彼が慌てる。

すずの涙が落ちた手のひらに弱りきった顔で目を落として、

「ん？　その指輪は……」

次の瞬間、ひどく驚いている様子で身を乗り出してきて、すずの手をじっと見つめた。

そうして硬い表情で、

「この指輪は、おまえのものか？」

と尋ね、すぐに、ああ、この言葉はわからなかったのだな、と反省するように首を横に振った。

長いたてがみが一緒にぶるんっ、と揺れて。

すずは小さな声で言った。

「おしいれに……しまって、あったの」

「おおっ！　やっと話が通じたのだよ！　なんだ、日本語でよかったのではないか」

「……ゆびわ……はめたら……ここに、いたの」

するとか彼はまた表情を変えた。

今度は、淋《さび》しそうな、哀しそうな顔に、見えた。

「そう……であったか。子供よ、おまえが高貴な私の屋敷へ迷い込んだのは、この指輪のせいだ。それは、昔私が……いや、そんなはずはないのだが……おまえがここへ導かれることは……絶対、ないはず、なのだが……。そう、ないのだよ……ありえないのだよ……」

苦い声でつぶやいていて、

「なのに、なぜ、おまえはまた来てしまったのだろうな……」

彼のほうが、泣いてしまいそうに見えた。

すずは胸がまた苦しくなって、一生懸命に口を動かした。

「おうち……さむかった、から。あたたかい場所に……行きたい、って思ったら、きてた……」

彼は口をむっと閉じて、首をかしげた。

「よくわからんが、寒かったから毛布をかぶっておるのか？」

こくり、とうなずく。

そのとき、すずのおなかが、くーっと小さく鳴った。

「はらが減っておるのか？」

こくり、とすると、

「ふんっ、たまたまこれからお茶にするところだったのよ。私は若い娘は好まぬし、子供はさらに範囲外だが、特別にお茶に招待してやるのだよ。ありがたく思うのだよ」

と偉そうに言い、

「おい、今すぐ用意するのだよ」

誰もいないほうへ向かって叫んだ。

すると、すずがしゃがみ込んでいる薔薇の茂みの前に、丸いテーブルと椅子が現れた。

さらにテーブルに白いクロスがばさりとかかり、そこに二段重ねのスタンドが出現する。薄いパンに、きらきらした黒い粒や真っ赤な珊瑚《さんご》みたいな色の粒や黄色のクリームや貝を載せたもの。小さな器に入った千切りの人参《にんじん》や、黒くてつやつやした大豆みたいなものや、ベージュ色のペーストなど、すずが見たことのない綺麗《きれい》なお料理がたくさん並んでいる。

「毛布は、あずかっておくのだよ」

彼がそう言うと風がふわりと吹いて、すずの体から毛布が舞い上がり、空中で手早く畳まれ庭のベンチに置かれた。

すずは目を丸くした。

椅子に座るよう言われて、彼の向かいの席にちょこんと座る。

指輪もはずして、テーブルに置いた。すずの前に薔薇の模様のカップが現れ、宙に浮いたポットが紅茶を注ぐ。

「私のことは野獣さまとでも呼ぶのだよ。まことの名を口にしようとしても、制御がかかって思い出せぬのだ。まったく性悪仙女が厄介な魔法をかけてくれたものだ」

「やじゅう……さま？」

彼が誰に文句を言っているのか、すずにはわからなかったけれど、その呼び名を聞いたとき、また胸がきゅーっとした。

「おまえの名はなんという。一応聞いてやるのだよ」

「……すず」

苗字《みょうじ》の片瀬ではなく、誰も呼ぶ人のいない名前を、おずおずと口にする。

やじゅうさまは、さっきよりもっと泣きそうな顔になり、毛むくじゃらの頭に大きな手をぐしゃりとつっこみ、うなだれた。

「なんてこった……なのだよ。すず……英語でベルとは……まったく、誰がそんな名をつけたのだよ。まったく……まったく、なのだよ」

すずの名前が気に入らないのだろうかと心配していたら、やじゅうさまが首を横に振り、顔を上げてすずを見ながら、ぶっきらぼうに言った。

「すずよ。個人的に、その名には苦い記憶しかないが、すずがそれを気にする必要はないのだよ。すずは、すずなのだよ。よい名前なのだよ」

胸がまた、ぬくもってゆく。

ありがとうと言いたかったけれど、恥ずかしくて言えなくて、こくり、とうなずいた。

やじゅうさまの目が、少しなごやかになる。

「さぁ、好きにとって食べるとよいのだよ」

スタンドにはきらきらしたものがいっぱいで、すずは視線を何度も上下させてしまった。

あれはどんな味がするんだろう。

これはどんな味だろう。

まず、つやつやした黒い粒がたくさんのった薄いパンをとって、粒を落とさないように、そぉーっと口へ運ぶ。

きっととてもおいしくて——……。

口へ入れる直前に手がぴたりと止まったのは、黒い粒がとても生臭かったからだ。

「それはロシアから取り寄せた、極上のキャビアなのだよ。キャビアはチョウザメの卵だ。中でもオオチョウザメからとれるキャビアは粒が大きく、まさに食べる黒真珠で、絶品なのだよ」

真珠が美味《おい》しいとはすずには思えなかったし、やっぱりとても生臭かったのだけど、やじゅうさまがこんなに自慢げなのだから、食べたら美味しいのかもしれない……。

匂いをかがないように口に入れて——。

「！」

口の中に生臭さがもわっと広がる。しかも舌触りがぷちぷちころころしていて気持ちが悪い。飲み込もうとしても飲み込めず、目に涙がにじんだ。

すずが真っ赤な顔で肩をぷるぷる震わせて、キャビアを飲み込もうと奮戦しているのに、やじゅうさまは慌てたようだった。

「しまった。子供にはキャビアのような高級品は合わなかったのだよ。無理に飲み込まずともよい。ぺっ、するのだよ」

やじゅうさまはそう言ったけれど、すずは頑張って飲み込んだ。小さい肩をぜいぜいさせて、息を吸って吐く。

「すずのような子供にキャビアは早いのだよ。私によこすのだよ」

やじゅうさまが、すずのパンからスプーンでキャビアをごっそりとって自分のパンにのせる。

「バゲットもフランスから取り寄せたバリバリしてうまいやつだから、それだけでも美味しいのだよ」

こくりとうなずいて、具がすっかりなくなったパンをぱくりと噛《か》む。

けれど、皮がガチガチに硬くてすずの歯では食いちぎれない。

また顔を真っ赤にして奮闘していたら、やじゅうさまは目をむいて、

「なんと、バゲットもいかんか？　仕方がない、紅茶につけてやわらかくするのだよ」

言われたとおりバゲットを紅茶にひたす。

やわらかくなったけれど、パンに吸い込まれた紅茶が熱すぎて、それがじゅっと舌を焼いて、肩を撥《は》ね上げてしまった。しかも紅茶はすずにはとても渋かった。パンに染みたオイルと混ざり合って奇妙な味がする。

ぐにゃぐにゃのパンをどうにか食べ終えて、ぐったりするすずに、やじゅうさまは眉《まゆ》根《ね》を寄せてしまった。

そのあともいろいろ口にしたけれど、黄色いクリームみたいなウニも、オイル漬けした牡蠣《かき》も、赤い珊瑚みたいな色のイクラも、ベージュ色のレバーペーストも、どれもすずには無理だった。

「野菜なら食べられるのだよっ。黒オリーブとキャロットラペを食べるのだよ」

目をつりあげ鼻息を荒くしたやじゅうさまが、ぐいっと器を差し出してきた。つやつやした大きな豆みたいなオリーブは、すずには美味しさよりもえぐみのほうが強く感じられたが、人参を千切りにしたキャロットラペは、白いココットに入っていて、とても可愛い。そうつぶやいたら、やじゅうさまは嬉《うれ》しそうに、

「そうであろう、そうであろう。おひさまの色をしていて、食べると酸味がきゅーっとして、美味しいのだよ」

と、何度もうなずいた。

今度はすずにも食べられそうな気がした。

なのに、可愛いおひさま色の人参を口に入れたとたん、酸味がツ――――ンと鼻から頭へ突き抜けて、涙目のまま固まってしまった。人参の硬い食感も苦手で、そういえばもともと人参は好きではなかったのだと思い出してしまう。

「これもいかんのか。子供というのは厄介なのだよ」

やじゅうさまが、がっくりと肩を落とす。

厄介、というのは知らない言葉だったけれど、うっとうしい子とか、わずらわしい子、と同じ意味のような気がして、すずは身をすくめた。

せっかくやじゅうさまがお茶に招待してくれたのに、やじゅうさまが美味しいと勧めてくれたものが、どれも食べられないなんて。

きっとやじゅうさまは怒るだろうし、あきれるだろう。

「本当に、まったく」

やじゅうさまが唸《うな》る。

すずがさらに体を縮こませると、目の前に白いマグカップが現れ、小さい鍋《なべ》からあたたかいミルクがとぽとぽと注がれた。そこへ、つぼに入ったとろとろの蜂蜜《はちみつ》を、金色のスプーンがすくって落とす。

「子供用にぬるめにしておいたのだよ」

すずは、ぼーっと蜂蜜入りのホットミルクを見つめた。

すずがなかなか手にとらないので、野獣が心配そうに、

「まさか、乳製品アレルギーではなかろうな？」

と訊《き》いてくる。

すずは、ふるふると首を横に振って、両手でマグカップを持った。

あたたかい……。

口に含むと、ほんわりあたたかく、蜂蜜の甘い味がした。

空っぽだったおなかに、甘く優しく、あたたかいものが落ちてくる。

こくり、こくり、と——一度もマグカップをおかずに飲み終えると、中腰で身を乗り出していたやじゅうさまが、おおっ！　と嬉しそうな声を上げた。

「全部飲めたのだよ。よい子なのだよ、すず」

よい子なのだよ、という言葉に、頬がちょっぴり熱くなった。

「やはり子供には、子供の食べ物がよいのだな。これはどうだ？」

すずの前にシュークリームがのったお皿が現れる。

両手でないとつかめないほど大きくて、ふわふわしていてとっても美味しそうだ。手に持つと、ずっしりつまったクリームが、やわらかな皮からこぼれ落ちそうだった。

はむっ、と噛みつく。

薄いシュー皮が破けて、とろとろの黄色のクリームがすずの口へ向かってあふれてくる。口の中が、卵味のとびきり美味しいクリームでいっぱいになる。口を閉じたらどんどん流れ込んでくるクリームを受け止めきれずにこぼしてしまいそうで、そんなのもったいないから、口を開いたまま、とろとろのクリームを飲み込むように味わう。

夢中で食べているすずを、やじゅうさまが、うん、うん、とうなずきながら見ている。

いつのまにかホットミルクのおかわりが注がれていて、すずは中のクリームをあらかた吸い出してしまうと、クリームがついたやわやわの生地を少しずつ大切に食べながら、ホットミルクを飲んだ。

「シュークリームの皮を、やわやわでリクエストして大正解だったのだよ。飴《あめ》がけしたバリバリの皮も、んっまいのだが、子供はやわやわなのだよ」

やじゅうさまが威張る。

すずは、こくりとうなずいた。

「やわやわ……すき」

「そうであろう！　そうであろう！」

やじゅうさまは今にも立ち上がってスキップを踏みそうなほど喜んでいて、すずも嬉しくなった。

おなかがいっぱいになり、体も内側からぽかぽかしている。

「帰りは指輪をはめて、家に戻りたい、と念じればよい。今日のことはすずのパパにもママにも友達にも、言ってはならん。すずも、夢の中の出来事だと思って忘れてしまうのだよ。指輪も、もとの場所にずっとしまっておくのだ」

やじゅうさまは、そんなふうに言った。

すずがおうちに帰ってみたら、まだ電気がつかなくて寒くて、すずは指輪を箱に戻し、散らかった本と一緒に押入れに片付け、掛け布団の上に毛布を二枚重ねて、セーターのまま子供部屋のベッドに潜り込んだ。

忘れてしまうのだよ、とやじゅうさまは言ったけれど、薔薇《ばら》の庭でやじゅうさまとお茶会をして、楽しくて美味《おい》しくて、あたたかかったことばかり考えていた。

翌日、下校したあと、すずは押入れを開けて、またあの箱を出し、薔薇の刻印がある幅の広い指輪を出し、右手の中指に、すとんと落とした。

また、やじゅうさまにあいたい。

そう願った次の瞬間にはもう、やじゅうさまの前にちょこんと立っていた。

今度は庭ではなく建物の中で、バーベルやぶら下がり棒やエアロバイクなどが置いてある部屋で、壁も天井も鏡だった。やじゅうさまは筋トレの真っ最中で、ふさふさの毛におおわれた上半身をむき出しにして、足を広げて椅子に座り、両手でつかんだハンドルを手前にぐっと引き寄せ、ゆっくり戻し、また引き寄せるというトレーニングをしていたようだ。

すずが突然現れたので、わっ！　と目をむいて叫び、ハンドルに引っ張られて頭ごとのけぞって、あたふたしていた。

それから椅子から立ち上がり、目をつりあげて荒々しい声で言った。

「なぜ、また来るのだよっ。しかも、昨日からたった一日しか経っておらぬのだよ」

やじゅうさまは怒っているみたいで、すずはやっぱり来てはいけなかったのだと、しゅんとしてしまった。

やじゅうさまは、うぅぅぅ、と唸っていたが、なぜか部屋に張り巡らされた鏡を、すずの頭ごしに、険しい表情でじっと見ていた。口をぐっと引き結んで不機嫌そうな怖い顔で——。

そうして哀しそうに目を伏せ、また目を開けて、くるりとすずに背を向けた。

すずが絶望したとき、やじゅうさまが前を向いたままぶっきらぼうに言った。

「ついてくるのだよ。気高い私が、栄養のあるうまいものを振る舞ってやる。冷凍のお弁当をチンするだけでは、ちびっこいままなのだよ。はらぺこの子供に施しを与えるのは、高貴なものの務めなのだよ」

どうして、すずが冷凍庫にたくさん買い置きしてあるお弁当を毎日食べていることを知っているのだろう。

びっくりして、やじゅうさまの後ろを一生懸命についていった。

やじゅうさまは大股《おおまた》でどんどん歩いてゆくので、すずとの距離は開いていって、迷路みたいに延々と続く長い廊下で、すずはやじゅうさまを見失ってしまった。

どうしよう……。

困っていたら、曲がり角からやじゅうさまが顔を出した。

「あんまり静かで、振り向いたらおらぬので、家に帰ったのかと思ったのだよ。こっちなのだよ」

手招きされ、すずにとっては精一杯早足で、とてとて歩いてゆく。

やじゅうさまは何度も何度も振り返りながら、廊下を進んでいった。

「子供は足が遅いのだよ。焦《じ》れったいのだよ」

文句を言いながら、何度も何度も振り返って。

やがて、立派な長方形のテーブルがひとつだけ置いてある部屋に辿《たど》り着いた。

「普段はここで食事をしているのだよ。私がちょっと念じれば、世界中の美食をお取り寄せしほうだいなのだよ」

やじゅうさまがドアから一番離れた前の席に、どすんと座る。

椅子は長方形のテーブルをぐるりと囲むほどたくさんあって、すずがどこに座ればいいのか迷って、もじもじしていると、

「ここに座るのだよ」

やじゅうさまが身を乗り出して、自分の斜め前の席を、毛むくじゃらの大きな手でぱしぱし叩《たた》いた。

やじゅうさまに一番近い場所だ。

すずは嬉《うれ》しくて、こくりとうなずいて、そこに座ろうとしたが、椅子が重すぎて動かせない。やじゅうさまが、ふんっと鼻を鳴らすと、椅子が勝手に後ろに下がった。

すずが座ると、テーブルに手が届きやすいように椅子がちょっと前に移動する。

「さて、今夜は鴨のシャンパン煮込みの予定だったが、すずの歯では弾力のある鴨の肉は嚙《か》み切るのが難しそうだ。シャンパンも子供には早いのだよ」

うむむ……と考え込んだあと、

「これでいってみるのだよ」

そんな言葉とともに、すずとやじゅうさまの前に料理が出現した。

可愛い木の器に盛られたクリームスープで、小さくカットしたじゃがいもやかぶや、玉ねぎに、とうもろこし、それにミートボールと茶色のお米まで入っている。

とてもいい匂いだ。

「具沢山のクリームスープリゾットなのだよ。米は玄米にしておいた。アルデンテではなく芯《しん》までやわやわのもちもちだ。これなら食べやすくて栄養もたっぷりなのだよ」

そうして、

「人参《にんじん》も食べるのだよ」

と、やじゅうさまが言うと、スープの上にハートの形に切った人参がお花畑のようにいくつも浮かんだ。

「うーんとやわらかく煮てあって甘いのだよ。硬くて酸っぱくないのだよ」

その言葉を信じて、木のスプーンでハートの形の人参を一枚だけすくって口へ入れてみる。

やじゅうさまの言うとおり、とっても甘くてやわらかい！

スープもあたたかくて、おいしい。

すずがやじゅうさまのほうを見て、こくり……とうなずくと、やじゅうさまの顔がぱっと明るくなり、ふさふさした尻尾《しっぽ》がぱたぱた揺れた。

「そうであろう、そうであろう」

苦手な人参が、こんなにとろけそうにおいしいなんて。

じゃがいももすずの口の中でほろりとくずれ、玉ねぎもとうもろこしも、とっても甘い。茶色のお米もスープがたっぷりからんで、やわらかくてもちもちしておいしくて、ほっぺが落ちそうだ。

「ゆっくりよく噛んで、食べるのだよ」

やじゅうさまは自分も同じものを食べながら、得意そうに、嬉しそうに、すずが食べるのを見ていた。

デザートにいちごやりんごや、みかんをのせた大きなプリンまであって、スプーンでさわるとぷるぷる揺れるプリンは卵の味がして、やっぱりとっても、とっても、おいしかった。


次の日もその次の日も、すずは指輪をはめて、毎日やじゅうさまに会いに行った。

最初のうちは、すずが顔を見せるたび、

「もう来るなと言ったのだよ。何度同じことを言わせるのだよ」

と、しかめっつらで文句を言っていたやじゅうさまは、途中から『来るな』と言わなくなった。

「筋トレに飽きたので、久しぶりにパンを焼いてみたのだよ。たった今、焼き上がったところだ。今日のすずはタイミングがよいのだよ」

ほかほか湯気を立てた小さな丸いパンを、カゴにたくさん入れて持ってきてくれた。

すずの指が沈むほどふかふかで、中身は真っ白で、もっとふかふかしていて――端のほうをちぎって口に入れるとバターとミルクの甘い香りがして、さわやかな麦の味もした。やわらかくて、口の中であっというまにとけてしまう。

すずの口もとが、ゆっくりとほころんでいった。

やじゅうさまを見上げて、

「ふかふかで……おいしい……」

と伝えると、やじゅうさまの目も、口もとも、ぱーっと明るくなって、

「そうであろう、そうであろう。好きなだけ食べるとよいのだよ」

と、尻尾をぶんぶん振り回して言ったのだった。

それ以来、やじゅうさまは自分でごはんやお菓子を作って、すずに食べさせるようになった。

すずが、おいしい……と言うと、それは喜んで、

「私の腕前は、こんなものではないのだよ。もっと美味《おい》しいものを作って、すずを太らせてやるのだよ」

と言うのだった。

「……わたしも、やじゅうさまの……お手伝い、したい」

そうお願いしたら、メイドさんみたいなかわいいワンピースとエプロンを用意してくれた。

それから、黒いリボンをすずの首に結んで、すずの指からはずした幅広のリングで留めた。

「指輪をなくしたら家に帰れなくなるからな。こうしておけば指から抜けて落としたりせぬだろう。それに指にはめなくても、さわって念じるだけで移動できるのだよ」

さらにリングに細い銀色のチェーンを下げ、その先に、可愛い銀色の鈴をつけてくれた。すずが動くとチェーンが揺れて、リン……リン……と音が鳴る。

「これなら、すずが私についてきているか、いちいち振り向かずともわかるのだよ」

やじゅうさまはキリッとした顔で続けた。

「すずよ、この姿をしているときは、すずは私のしもべなので、私から離れてはならぬのだよ。ちゃんと鈴の音が聞こえる距離にいるのだよ」

リ――――ンと、鈴の音を鳴らして、すずはこくりとした。

やじゅうさまが、広すぎるお屋敷の中ですずが迷子になるのを心配してくれていることが、わかっていたから。

やじゅうさまが、子供は面倒くさいのだよと文句を言っても、それはすずは子供で、まだ小さくてか弱いので気にかけてやらなければならないと思ってくれているからで。

「すずはぜんぜん太らぬし、背も伸びぬではないか。私がすずに食事を与えるようになってから二年も経つのに、なぜ大きくならぬのだよ、気に食わないのだよ」

と尻尾をピンピン立てて怒ったりするのも、すずが小学三年生になっても細くて小さいままなのを心配しているからで。

泣いてはいかんのだよ、私は泣かれるのが苦手なのだよ、とすずを叱りつけるときも、やじゅうさまのほうが弱りきった顔をしていた。

すずが薔薇《ばら》の茂みの前で初めてやじゅうさまに会った二年前から、ずっと、ずっと、やじゅうさまは優しくていい人で、すずのことを気にかけてくれていると、すずはわかっていたのに――。

可憐さんが、やじゅうさまのビストロを訪れた夜、中学生の可憐さんを鏡で見てしまった。

おうちの人たちになにを言われても、からっぽの表情で受け流して、静かに外へ出てゆく可憐さんが、すずと同じに見えた。

おかあさんのわずらわしそうな眼差《まなざ》しや、先生たちのトゲのある言葉に哀しくならないように、感じることをやめて心をからっぽにして――家でも学校でも、ぼぉっとしていた。

大人になった可憐さんは、とても明るくて楽しくて素敵な人で、すずとはぜんぜん違う。

だからすずも、大きくなったら可憐さんみたいに生き生きとした人になれるかもしれないと、ほんの少し希望を持った。

けど、可憐さんが帰ったあと、やじゅうさまとお片付けをしていたら、いろいろ考えてしまって――。

わたし……おおきく、なれるの……かな。

同級生の中でもとりわけ小さいことを、すずも気にしている。

やじゅうさまは、すずに栄養のあるごはんをたくさん食べさせてくれるのに、ちっとも背が伸びないし、体重も増えない。

やじゅうさまと初めて会った小学一年生のときから、成長が止まってしまったみたいだった。


おおきくならなかったら……どうしよう。


そう考えたら心がシンとした。

それに、すずだけが小さいままで、やじゅうさまだけおじいさんになってしまったら——。

その想像は、もっと怖かった。真っ暗な穴に落ちてゆくみたいだった。

可憐さんが、やじゅうさまは魔法が解けたらおじいさんになり、死んでしまうのではないかと言っていた。

やじゅうさまは声をつまらせて、へどもどしていた。

きっと魔法が解けてみるまで、やじゅうさま本人にもわからないのだ。

やじゅうさまがおじいさんになって、おやしきからいなくなって……わたしはちいさいままま、ここに取り残される……。

想像がどんどんふくらんで、苦しくて哀しくて、お手伝いの手も止まってしまって。

おたまを両手でぎゅっと握って下を向いていたら、やじゅうさまに気づかれてしまった。

——すずよ、私はそういうどんよりした顔は嫌いなのだよ。すずがそういう暗い顔をしていると、もやもやして気分が悪いのだよ。

やじゅうさまは、すずを強い言葉で引っ張り上げようとしていた。

なのにすずが、いつまでも暗い顔をしているので、焦《じ》れったかったのだろう。

声が大きくなった。

——言いたいことがあれば、はっきり言うのだよ。そうやって心に溜《た》め込んでうじうじしているのも、私はうっとうしいのだよ。

すずの頭の中に、おかあさんのひんやりした目と声が、つらぬくような痛みとともに浮かび上がった。

——わずらわしいことはごめんよ。

——あなたがわたしの邪魔にならなければ、わたしもあなたをうっとうしく思わずにすむでしょう。

やじゅうさまとおかあさんは、違う。

わかってる。

ちゃんとわかってる。

それでも哀しい気持ちが止められなくて、伏せていた顔をさらに伏せて、深く深く、うなだれた。

首の鈴が揺れて、リーン……リーン……と淋《さび》しく鳴っていて。

鼻がぐじゅぐじゅして、目のふちに涙がたまってゆく。

泣いている顔を、やじゅうさまに見られたくない。またうっとうしいと言われたくない。ほんの一瞬でも、やじゅうさまに、すずといるのは負担だと思われたくない。

うなだれたままキッチンから廊下へ出ようとしたら、ドアに頭をぶつけてしまった。

恥ずかしくて、哀しくて、心の中がぐちゃぐちゃで。

今すぐ消えてしまいたくなって、リボンを留めている指輪に手をふれ、おうちに帰りたい、と願った。

リーン……。

哀しそうな鈴の音がして、すずはメイドさんのお洋服を着たまま、自分の部屋にいた。

あれから一度も、やじゅうさまのお屋敷を訪れていない。

逃げるように帰ってきてしまったので、次にどんなふうにやじゅうさまと顔を合わせたらいいのかわからなかったのだ。

そうやって、一日が過ぎ、二日が過ぎ、三日が過ぎ——どんどんお屋敷に行きづらくなってしまった。

九月が過ぎ去り十月に突入しても、すずは学校から帰ってくると、古いおうちの子供部屋で一人で過ごしている。

おかあさんは仕事がますます忙しくなり、おうちにほとんどいない。定期的に届く冷凍のお弁当の受け取りも、すずが一人でしている。

段ボールを開いて、パッケージに入ったお弁当を冷凍庫にしまう。ごはんの時間になったら、それを電子レンジであたためて食べる。

部屋の中はシーンとしていて、風が窓をカタカタ鳴らす音しか聞こえない。

やじゅうさまにあいたい……。

けど、あえない。

ずっと前にも、こんなふうに頭がぐるぐるするほど悩んだことがあったような気がしていた。

あなたに会いたい。

でも、会えない。

もう、会えない。


学校にいるときも、すずはやじゅうさまのことばかり考えていた。

やじゅうさまはどうしているだろう。

すずが来なくなったのは自分のせいかもしれないと、胸をちくちくさせているんじゃないか。

体育の時間に運動会のダンスの練習をしている最中も、そんなふうに頭をぐるぐるさせていたので、先生から「片瀬さん、ぼーっとしてないでちゃんと動きなさい」と注意されてしまった。

三年生は紙で作ったピンクや水色や黄色の棒を持って、みんなで一斉に踊る。全員の動きがぴったりそろわないといけないのに、すずは音楽にもみんなにも、ついていけない。

そのうえ、やじゅうさまのことで頭がいっぱいで、ますます動きが遅れてしまう。

「片瀬さんは、みんなと合わせられるようにおうちで練習してきなさいね。運動会の日に片瀬さんだけ振りが違ったら、片瀬さんのおうちの人も恥ずかしいでしょう？　だから頑張らなきゃ」

授業のあと先生にそんなことを言われて、すずは消え入りそうな小さな声で「……はい」と返事をするのが精一杯だった。

この子はやる気が感じられない、いつもぼんやりしていて、いくら指導しても手応《てごた》えがない、私の言葉が伝わっているかも疑わしいと、先生は思ったのだろう。ふーっ、とため息をついて、すずから離れていった。

運動会は今週の日曜日で、もうあと四日しかない。

家族へのお知らせのプリントは、リビングのテーブルの上に置いたままだ。

きっとおかあさんはプリントを見ていない。運動会にも来ないだろう。

すずが一年生のときも二年生のときも来なかったから、三年生の運動会もわざわざお仕事を休んで見に来るはずがない。

お昼の休憩時間は、コンビニで購入したパンやおにぎりを教室で先生たちと食べた。

他にもおうちの人がお仕事で来られない子たちがいたけれど、その子たちは手作りのお弁当のおかずや、カットしたフルーツや、ラップに包んだカップケーキを交換し合ったりしていて、にぎやかだった。

二年生の運動会のあと、すずがやじゅうさまのお屋敷を訪ねると、やじゅうさまはぷんぷん怒っていた。

——なぜ運動会で弁当が必要だと、私に教えなかったのだよ。すずは私への報告が足りないのだよ。もっと私に要望を出したらよいのだよ。

〝よーぼー〟がなんなのかわからなくて、すずはぼーっとしてしまった。すずが運動会の休憩時間に、教室の隅でコンビニのクリームパンをもそもそ食べていたことを、やじゅうさまが知っていることにも驚いた。

——私はなんでもお見通しなのだよ。よいか、すずよ、三年生の運動会は絶対に私がお弁当を作るのだよ。だからすずは私に、運動会があるからお弁当を作ってくださいと、自分の口でちゃんと言わねばならぬのだよ。

やじゅうさまの言葉は、すずの心をぽかぽかとあたためてくれる。

やじゅうさまのお料理と同じだ。

すずは初めて運動会を待ち遠しいと思ったのだ。

けれど、やじゅうさまのお屋敷に行けなくなって、やじゅうさまに運動会のお弁当を作ってくださいとお願いすることもできなくなってしまった。

「うんどうかい……ちゅうしに、ならないかな……」

ハンカチにティッシュをつめて、さかさてるてるぼうずを作ることくらいしか今のすずにはできなかった。

さかさてるてるぼうずはまったく効果がなく、当日は朝から青空が広がっていた。

おかあさんは昨日からおうちにいない。

買い置きのロールパンと牛乳で朝食をすませ、のろのろとジャージの体操服に着替えると、すずは暗い気持ちでおうちを出た。

玄関の鍵《かぎ》をかけて、足もとを見て歩き出す。

いまから雨がたくさんふって、運動会がなくなればいいのに……。

駅で電車に乗り、二駅先の小学校へ向かう。

同じ車両に、すずの学校のジャージを着た生徒がたくさん乗っている。ビニールシートやクーラーボックスを持ったおうちの人といっしょの子もいて、楽しそうだ。

あっというまに最寄りの駅に到着してしまった。

このまま電車から降りずに、どこか遠くへ行ってしまいたかったけれど、すずは小さいのできっと補導されてしまう。

おかあさんは警察の人に呼び出されたら、きっとすごく機嫌が悪くなって、すずのことをますますうっとうしく感じるだろう。

なので、仕方なく電車を降りた。

胸が苦しいだけではなく、おなかもちくちくしてきた。学校の近くのコンビニで、ツナのおにぎりをひとつと紙パックのオレンジジュースを買う。

うつむいて、ちまちま……とてとて……歩くすずのかたわらを、同じジャージを着た子たちが、友達やおうちの人と楽しそうに会話しながら通り過ぎてゆく。

「晴れてよかったね」

「うん、お母さん！」

そんなやりとりが、明るい笑い声と一緒にすずの耳をかすり、遠ざかっていった。

今からでも、おうちに帰りたい。

古くて寒くて暗いあのおうちが、すずは好きではなかったけれど、楽しそうにしている人たちの中にいるよりは、一人で部屋にこもっているほうが淋しくない気がした。

とうとう校門まで来てしまった。

校庭にロープがはってあって、外側が生徒の関係者の観覧席になっている。

応援しやすい席はもうビニールシートで埋まっていて、生徒のおうちの人たちがカメラやライブ撮影の準備をしていた。

教室で先生のお話を聞いて、そのあと校庭をぐるぐる行進しながら入場する。

「サトルー、がんばれ！」

「ほら、ゆみかちゃんが来たわよ、撮って」

観覧席もにぎやかになる。

すずはみんなから遅れないよう必死に手足を動かしていた。右手と右足が一緒に出そうになって慌てて直して。後ろの子にぶつかって、ちょっとにらまれたりして。

……おなかがいたい。

早く運動会が終わってほしい。

だけどその前に、ダンスも玉入れも綱引きもある。かけっこもしなきゃいけない。きっとすずがビリだから恥ずかしい。

おなかが、ますますちくちくした。

校長先生の挨拶《あいさつ》のあと競技がはじまり、すずはさっそく玉入れに参加した。

赤いお手玉を拾って、どうやったらあんな高いところにあるカゴに入るのだろうと、ぐずぐず考えているうちに終わってしまった。しかも落ちてきたお手玉が、すずの頭にぽこんとあたって——痛くはなかったけれど、余計に哀しい気持ちになってしまった。

ひとーつ、ふたーつ、とみんなで声を合わせて玉を数えるときも声が出ず、赤組が勝って周りの子たちが、わーっ！と歓声をあげて喜び合っているときも、すずだけもじもじしていた。

プログラムが進み、かけっこが終わったらお昼の休憩だ。すずはおなかに手をあてて、かけっこの順番が来るのを待っていた。

やだな……はしりたくない。

ビリなの、はずかしい。

おなかもずっとちくちくするし、お昼もなにも食べたくない。

すずと同じ組に並んでいる子たちが、

「早くお弁当食べたい、もうおなかぺこぺこ」

「お母さんが、スイートポテトを作ってくれたの。ヤコちゃんにもあげるね」

「わー、ルリちゃんのお母さん、お菓子作るの上手だから楽しみ。うちもお母さんが張り切ってゼリーを作ったから、ルリちゃんも食べて。クーラーボックスが重くて、お父さんが、やっぱり車でくればよかった〜って後悔してたよ」

そんなふうにおしゃべりしている。

すずは、ますますしょんぼりしてしまった。

うんどうかいのおべんとう……やじゅうさまにつくってもらいたかったな……。

やじゅうさまのおべんとう、たべたかったな。

すずの順番が回ってきた。

スタートラインに横一列に並ぶ。すずだけ極端に小さい。

合図のピストルが、パァン！　と鳴り渡る。

その音にすずはびくっとして、出遅れた。

ただでさえ足が遅いのに、他の子たちにどんどん離されてゆく。

あの子遅いな～。

一人だけ、小さくない？

一年生の子が交じってるんじゃない？

そんな声が聞こえてきそうで、すずが恥ずかしさといたたまれなさに目をぎゅっと閉じたとき――。


「すずちゃん！　がんばー！」


よく通る華やかな声が、すずの名前を呼んだ。

目を開けると、スマホをすずに向けた可憐さんが、笑顔ですずを応援していた。

その隣に、コマチさんと雅さんもいて、コマチさんもスマホをすずに向けていて、雅さんは立派なビデオカメラを構えている。

三人とも、すずの名前を大きな声で呼んでいる。

「すずちゃん！　ファイトー！」

「頑張って、すずちゃん！」

可憐さんはアイドルのように可愛く、コマチさんはモデルさんのようにカッコよく、雅さんは女優さんのようにあでやかだ。

一人一人が魅力的できらきらしているのに、そんな三人がそろったら、もうまばゆいほどで。

そこだけ黄金の薔薇《ばら》の花が咲き乱れ、花びらがきらめきながら舞っているみたいで――周りのお母さんやお父さんたちも、みんな三人のほうを見ている。最後尾をちまちま走っているすずの姿はきっと目に入っていない。

可憐さんとコマチさんと雅さんの三人は、ずっと声を張り上げてすずを応援していた。

「可愛さではダントツ一番だよ～すずちゃん！」

「そうだよ～！　すずちゃんが一等賞だよ～！」

「野獣さんも応援してるわよ！　すずちゃん！」

やじゅうさまも見てくれている？

すずの体に、内側から力がわいてきた。

前方に、ロープの端を持ってすずを待っている上級生たちがいる。

他の子たちはとっくにゴールしてしまい、走っているのはすず一人だったけれど、まるで先頭を走っているみたいな気持ちになって。

「すずちゃん、後半で加速した～！」

「いけいけ、すずちゃん！」

「あと少しよ！」

上級生たちが、すずの身長に合わせてテープを少し下げてくれる。三人の声援を聞きながら、すずは白いゴールテープを胸で切った。

「やったぁ！　すずちゃん！」

「すずちゃん、えらい！」

「野獣さんも尻尾《しっぽ》を振って大喜びしてるわよ～！」

三人が拍手し、それにつられて周りも拍手しはじめ、その波がどんどん広がってゆく。

一年生のときも二年生のときもビリでゴールして、先生たちが拍手してくれたけど、みんな適当な感じで、こんなに力のこもった拍手じゃなかった。

前は拍手されて恥ずかしかったけど、今はとても嬉《うれ》しかった。おなかも胸もすっきりしていて、ぜんぜん痛くない。

クラスの子たちが、

「あの人たち、片瀬さんのおうちの人？　三人とも美人だね～芸能人みたい」

「どの人が片瀬さんのお母さん？」

と話しかけてきた。

すずはうまく答えられなかったけれど、みんな気にしてないようで、

「あんなきれいな人たちが応援してくれて、いいなぁ、片瀬さん」

と、うらやましがり、すずは口もとがほんのりゆるんだ。

お昼の休憩に入ると、可憐さんがすずを迎えにきた。

「やっちゃんからお弁当あずかってるんだ。ホントはやっちゃん、自分でお弁当持って駆けつけたかったんだろうけど、お屋敷の庭から外へ出られないしね。それで、あたしたちに自家製の生ハムだのソーセージだのの盛り合わせを見せて、むっつりした顔で『頼みがあるのだよ』とか言っちゃって」

可憐さんが、やじゅうさまの口調を真似て言う。

すずは、やじゅうさまが、すずにお弁当を作ってくれた！

やじゅうさまに運動会があることを話せずにいたのに。一年前の秋に約束してくれたように、お弁当を作って、すずに届けるよう可憐さんたちに頼んでくれたのだ。

観覧席のビニールシートではコマチさんと雅さんが、トランクくらい大きさのあるバスケットや重たそうなクーラーボックスを開いて、ランチの準備をしていた。

紙のお皿ではなく白い陶器のお皿まで出てきて、コマチさんが、

「どうりで重いと思った。野獣くんって、やるとなったらトコトンよね。まぁ、それだけすずちゃんのお弁当に気合いが入ってたってことかな」

と笑い、雅さんも「そうね」と、あたたかく微笑んだ。

「うわぁ～、美味《おい》しそう。なにこれ、タルト？」

可憐さんが目を輝かせたのは、パイ生地に具だくさんの玉子焼きがつまっているみたいなお料理だった。ホールでたっぷりあって、あらかじめカットされている。

「ふふ、キッシュね。卵と生クリームの液に具材を入れて作るフランスの家庭料理よ」

他にも、ふかふかの丸いパンに、挽肉《ひきにく》がみっちりつまった分厚いパテや干し葡萄《ぶどう》の入ったかぼちゃのサラダを挟んだもの、チューリップみたいな形に整えた鶏《とり》の手羽先の唐揚げなんかがあって。ころころの丸いコロッケはきっと中にトマト味のリゾットが入っていて。ミニトマトや、砂糖とバターで煮込んだ甘い人参《にんじん》のグラッセや、紫芋のペーストをプチシューの中につめて飴《あめ》がけしたもの。小さなグラスに入った洋風茶碗蒸《ちゃわんむ》しのフラン、すりおろした人参を生地に入れて焼いて、上にクリームチーズを載せたキャロットケーキまである。

すずの好きなものばかりだ。

可憐さんもコマチさんも、

「うわ〜、豪華」

「あーもう、見てるだけで唾《つば》がわく」

と早く食べたそうにしていて、雅さんがおっとりと、

「すずちゃん、除菌シートでちゃんと手を拭《ふ》いた？」

と確認し、すずがこくりとうなずくと、

「じゃあ、いただきましょうか」

と、みんなのほうを見て言った。

可憐さんとコマチさんが勢いよく「いただきます！」と声を上げ、雅さんがゆっくり、

「いただきます」

と言ったあと、すずも小さな声で、

「……いただきます、やじゅうさま」

と、つぶやいた。

料理に突進しようとしていた可憐さんとコマチさんが、すずのほうへぱっと顔を向け、

「うわぁ、やっちゃん、今の聞いた？　聞いてるよね？」

「もう野獣くん、尻尾ふりふりでしょ」

と盛り上がる。

「すずちゃんは、どれから食べたい？」

雅さんが訊《き》いてくれて、すずがじぃぃぃっとキッシュのホールを見ていると、雅さんは優雅に微笑んで、卵色のぷるぷるしたキッシュをお皿に取り分けてくれた。

「雅さん、わたしも」

「あたしも、それから行く！」

「はいはい」

雅さんが二人にもキッシュを取ってあげ、自分の分もお皿に載せて、四人でキッシュを食べはじめる。

「うわぁ～、これ生地がほわっほわだよ。ごろっとしたじゃがいもに、ベーコンに、千切りしたやわらかい人参がたっぷりで、ところどころクリームチーズの塊もあって、美味し～」

可憐さんが悶《もだ》え、コマチさんも、

「前に食べたキッシュは、ブルーチーズなんかが入ってて味も濃くて、ワインが欲しくなるがっつり系だったけど、このキッシュはすっっっごく優しい味。人参が甘くてやわらか～い。口が癒《いや》される～」

と、うっとりする。

「さめてもチーズが固くならないようにクリームチーズを使っているのね。人参がたくさん入っているのも、きっとすずちゃんのことを考えて作ったのね」

雅さんに優しくそう言われて、すずはぽーっとしてしまった。

コマチさんと可憐さんも、笑って同意する。

「野獣くん、すずちゃんが姿を見せないんで尻尾をしおさせてたもんね。『すずが来なくなってしまったのだよ……』って、肩をがっくり落としてうなだれちゃってさ」

「だよね～、『この天才料理人秘伝のシャルキュトリーをサービスするから、私に力を貸してほしいのだよ』とか強がっちゃって」

二人ともやじゅうさまの顔と口調を真似して、

「可憐ちゃん、そっくり〜」

「コマチさんこそ〜ウケる〜」

と笑い合っている。

やじゅうさまは、やっぱりすずのことを心配してくれていたんだ……。

嬉しいのと同じくらい申し訳なく感じて、すずはキッシュを食べるのをやめて、

「あ、あのっ……」

と、声をしぼりだした。

三人ともおしゃべりしたり、ごはんを食べたりするのをやめて、すずを見る。

「や、やじゅうさま……き、きこえて、ますか……」

「もちろん、すずちゃんの声は野獣くんに聞こえてるし、鏡に張りついてがっつり見てるよ」

コマチさんが勇気づけてくれる。

「……わたしが……やじゅうさまのおやしきに、行けなかったのは、やじゅうさまのせいじゃ……ない、です。むだんけっきんして……ごめんなさい」

シートに座ったまま、ぺこりと頭を下げた。

三人とも優しい目で、すずを見ている。

コマチさんが顔を空へ向けた。

「おおい、野獣くーん。聞いた？　野獣くんのせいじゃないってさ。よかったね！」

可憐さんも空に向かって、

「すずちゃん、また、やっちゃんちにメイドさんしに行くって」

と声をかけ、今度はすずのほうを見て「ね、すずちゃん？」とウインクする。

すずがもじもじしていると、雅さんがすずの肩に優しくふれて、

「行ってあげて、すずちゃん。野獣さんはすずちゃんがいないと、淋《さび》しくてしょんぼりしてしまうみたいだから」

と、そっと言う。

すずは、またちょっともじもじして、それから、
こくり……。

と、うなずいた。

「……また、やじゅうさまのおやしきで、おてつだい、させて……ください」

可憐さんとコマチさんが、

「「もちろんなのだよ」」

と声を合わせて答えた。

すずは嬉《うれ》しさでいっぱいになって、手に持っていたキッシュの残りを、ぽかぽかした

幸せな気持ちで食べた。ほわほわの黄色い生地の中からハートの形の人参が出てきて、びっくりして、

「あ……はーと」

と、つぶやいたら、三人がすずの手もとをのぞきこんで、

「え、わたしの入ってなかったよ」

「あたしも。気づかないで食べちゃったのかな」

コマチさんと可憐さんがそう言い、雅さんがおっとりとまとめた。

「ふふ、すずちゃん、『当たり』ね」

それですずは、もっと幸福な気持ちになった。

やじゅうさまのお弁当は、挽肉《ひきにく》のパテを挟んだふかふかの丸いパンも、人参のグラッセ入りのプチシューも、トマトのリゾット入りのころころのコロッケも、チューリップの形の鶏《とり》の唐揚げも、全部美味《おい》しかった。

すずは食事のあいだ小さな声で、何度もやじゅうさまにお礼を言った。

ありがとう、やじゅうさま。

ありがとう、おいしい。

ありがとう。

すずが、やじゅうさまに「ありがとう」と言うたびに、可憐さんも、コマチさんも、

雅さんも、目を細める。

ときどき可憐さんとコマチさんが、

「そうであろう、そうであろう」

「高貴な私の料理が、とびきりなのは当然なのだよ」

と、やじゅうさまの真似をする。

「すずへの愛情をたっぷり込めたのだよ」

「早くすずに会いたいのだよ」

口調だけでなく、偉そうな仕草や顔つきまで真似するので、雅さんはくすくす笑っている。すずも、ちょっとだけ笑ってしまった。

すずたちのシートはにぎやかで、白いお皿にのった色とりどりのお料理も、周りの注目だった。

「すごいな、あそこ。お貴族さまのアフタヌーンティーか？」

「とってもおいしそう」

という声が聞こえてきて、やじゅうさまのごはんを褒めてもらったのが嬉しくて、すずはまた口もとをゆるめた。

クーラーボックスから取り出したヨーグルトのソルベのグラスには、大粒のシャインマスカットがのっていて、口の中で皮がぷちっとはじけて甘い汁がいっぱいあふれてきた。ソルベもしゃりしゃりして美味しかった。

「やじゅうさま……ごちそうさまでした。とっても、とっても、おいしかった……です」

目を閉じ両手を合わせ、やじゅうさまに丁寧にお礼を言って、すずは自分のクラスへ戻った。

同級生たちはこれまでと違って、すずを羨望《せんぼう》の目で見ていた。

午後は保護者参加の綱引きがあり、すずは可憐さんとコマチさんと一緒に綱を引っ張った。先頭からコマチさん、すず、可憐さんで、雅さんはカメラで撮影をしている。

「しっかり声を出していこうね！　よいしょ、よいしょ、ほら、すずちゃんも」

コマチさんに言われて、すずも、

「……しょ、よいしょ」

と、いつもより大きな声を出す。

後ろで可憐さんが、

「よいしょ！　よいしょ！　すずちゃん、いいよ！　赤組優勢だよ！」

と明るい声を響かせている。

赤組が勝つと、コマチさんと可憐さんはすずに両方から抱きつき、

「やったね、すずちゃん！」

「このまま赤組優勝だ～！」

と勝利を喜んだ。

すずも飛び跳ねてしまった。

「うんっ、ゆうしょうだね〜」

綱引きでリラックスしたせいか、心配していたダンスも大きなミスもなく終わった。

途中、何度か危なっかしいところもあったけれど、前向きな気持ちで大きく体を動かすことができた。

きっとコマチさんと可憐さんが、どこのおうちの人たちよりも大きな声で、

「すずちゃん可愛い！」

「すずちゃん、スカウトされちゃうよ〜！」

と応援してくれて、雅さんがうんと優しい顔ですずを見てくれていたからだ。

それに、やじゅうさまも——。

やじゅうさまに、見てもらうんだ。

やじゅうさま、わたしもう、泣いてないよ。

踊っているあいだ、やじゅうさまに心の中で話しかけていたら、体から余計な力がすーっと抜けていった。

横に倒したピンクの棒を両手で押し出して、最後のポーズを決める。

校庭があたたかな拍手でいっぱいになって、どのおうちの人たちも、先生も、同級生も、みんなにこにこしている。

可憐さん、コマチさん、雅さんも、笑顔で手を叩《たた》いて、可憐さんはすずと目が合うと、やったね！　というように、親指をぐっと立てて合図してきた。

それですずも、顔中で笑った。

◇　◇　◇

「おおっ、すずが笑ったのだよ！　こんなに全力で笑っているすずは初めて見るのだよ！　よくやったのだよ！　見事な舞だったのだよ！」

ビストロに使っているフロアのソファー席で、壁と天井に張り巡らせた鏡に映るすずを見守っていた野獣は立ち上がり、ふさふさの尻尾《しっぽ》を振り回した。

すべての鏡に、口を大きく開けて笑うすずの顔がアップで映っている。

よい笑顔だ。

すずが退場するときに空を見て、ちょっとだけ頭を下げる仕草をした。

屋敷から出られない野獣に、また感謝の気持ちを伝えてくれたのだろう。

野獣が作ったお弁当を食べているときも、すずは小さな声で何度も、ありがとう、やじゅうさま、おいしい、やじゅうさまと言ってくれた。

そのたび野獣は胸がとどろき、尻尾をゆらし、

「そうであろう、そうであろう」

と、うなずいた。

コマチと可憐が、私のモノマネ合戦をはじめたのは、よろしくなかったがな。

それに私が、すずが来なくてしょんぼりしていて尻尾がしおしおだとか、すずにバラしすぎなのだよ。

だが、三人が野獣の頼みを引き受けてくれなければ、すずに運動会のお弁当を届けることはできなかった。

すずが野獣の屋敷に来なくなってから、野獣は鏡ですずの様子をずっと見守っていた。

隙間風の吹き込む寒々とした家で、冷凍庫から出したお弁当をレンジであたため暗い目をして一人で食べて、淡々と容器を洗い、ゴミ袋にまとめているすずを見て、胸が切り裂かれるような気持ちを味わっていたのだ。

テーブルには、運動会のお知らせの紙が投げ出されたままになっている。すずの母親がそれを見たとしても、娘のためにお弁当を用意したりは決してしないだろう。

すずが薔薇《ばら》の庭に突然現れた二年前、すずはまだ小学一年生だった。普通の親は、そんな小さな子供一人に留守番させたりしない。

なのに外資系の企業で男性と対等に働くあの母親は、家にいることのほうが少なく、

たまに帰宅しても、ひんやりした目ですずを見るのだった。

――この子は、なぜここにいるのかしら……。わたしが面倒をみなければ死んでしまう生き物なんて、わずらわしいだけなのに。

真夜中に、子供部屋で眠っているすずを見下ろして、母親がさめきった顔でそうつぶやくのを鏡で見てしまったときはぞっとした。

鏡は過去と現在をありのままに見せるだけで、心の中まではのぞけない。

それでも、すずの母親が子供に欠片《かけら》ほどの愛情も抱いていないことはわかってしまう。それほど冷たい目だった。

もしすずの母親があのような女性ではなく、すずがあたりまえの家庭で愛情深く育てられている子供だったら、野獣はすずを突き放していただろう。

すずが野獣に会いに来ることを、決して許さなかったはずだ。

けれど、野獣はすずの境遇を見てしまった。

だから……すずが、また指輪を使って私のところへ来たとき、追い返せなかったのだよ……。

すずのような小さな子供は、野獣がちょっと牙《きば》をむいて脅せば、怖がってすぐに逃げてしまっただろうに。

すずを怖がらせる代わりに、あたたかで栄養のある食事を与えてしまった。

小さく切った野菜とミートボールのクリームスープリゾットを夢中で食べているすずに、喜びや嬉《うれ》しさを感じてしまった。

屋敷に幽閉されたも同然の野獣には、嬉しいことなんて、もうずっとなかったから。

三百年前にたった一人だけ、野獣の心に明かりをともしてくれた若い娘がいたけれど、彼女は野獣を裏切り、二度と屋敷へ戻ってこなかった。

一度希望を抱いた心が、絶望に切り裂かれる耐え難い痛みを、三百年経った今でも生々しく覚えている。

だからすずを、受け入れてはいけないのだ。

なのに毎日会いに来るすずに食事を与え続け、すずはすっかり屋敷に居着いてしまった。自宅にも学校にもなじめず、自分の内側に閉じこもってぼんやりしているすずに、野獣が居場所を与えてしまった。

すずの首に黒いリボンを結び、指輪で留め、銀のチェーンを通して鈴を下げてやると、頬をほんのりゆるめて、嬉しそうに、リン……リン……と鈴を揺らしていた。

その音が聞こえると、すずが近くにいるのだとわかって野獣はとても安心した。

すずが屋敷へ来なくなり鈴の音も聞こえなくなってから、胸がずっとざわざわして落ち着かなかった。

三年生の運動会にはすずにお弁当を作ってやると約束したのに、すずは野獣のもとへ来ることさえ、ためらっている。

鏡を見ながら何度呼びかけたことか。


──すずよ、私にお弁当を作ってほしいと言うのだよ。私のスペシャルなお弁当を、すずも食べたいはずなのだよ。

──すずの好物をたくさん入れてやるのだよ。だから、私のところへ来て、ちゃんと『お弁当を作ってください』と頼まねばいかんのだよ。


いくら呼びかけても、野獣の声はすずには聞こえない。運動会で披露するダンスで、一人だけテンポが遅れて、先生に注意されてしょんぼりしている。

運動会まで、あともう数日しかない。

さんざん悩んで、野獣は三人の美女たちに助けを求めたのだ。

もし、野獣がマッチングアプリで婚活しようと思いつかなかったら。

もし、ビストロのオーナーシェフを名乗って、料理上手なところをアピールして女性の心をつかもうなんて考えなかったら。

そして、もし野獣の店を訪れたのが、コマチ、雅、可憐の三人でなかったら。

三人がその後、店の常連にならなかったら――。

「すずの、こんな笑顔は見られなかったのだよ」

三人は野獣の頼みを快く引き受けてくれた。

すずにお弁当を届けてくれるだけでよかったのに、すずの応援に行って、すずと同じシートでお弁当を食べてくれた。

コマチと可憐は、すずの保護者として綱引きに参加し、雅はすずが頑張っている姿をカメラで撮影してくれた。

すずのあの笑顔を引き出したのは、三人の力でもあるのだ。

「心から、感謝しているのだよ……」

しみじみと語り、

「もちろん、私のお弁当の効果も絶大だったのだが」

と偉そうにつけくわえる。

運動会が閉会し、鏡には三人と仲良く帰宅するすずが映っていた。夕暮れの道を三人の美女たちに囲まれて、すずはほんのり頬を染めて、とても幸せそうだ。

すずは、いつ野獣に運動会のことを話しに来るのだろう？　明日《あした》だろうか？　明後日《あさって》だろうか？　もしかしたら今日かもしれない。

すずに、どんな料理を食べさせてやろう。あの三人もまたタダ飯をたかりにくるだろうから、今日の礼にとびきりの料理を振る舞ってやろう。

尻尾をぱたぱた振りながら、メニューをあれこれ考えていた。

◇　◇　◇

「すずちゃんの家って、植物園からこんなに近かったんだ」

「正門まで徒歩三分くらいかしら」

「うーん、すずちゃんの足だとプラス三分かな。それでも六分だから、野獣くんちまですぐだね」

雅さんが呼んでくれたタクシーで、すずはおうちへ送ってもらった。

古い生垣に囲まれた二階建ての木のおうちは、三人が言うように植物園の正門からとても近い。すずは指輪をはめて、やじゅうさまのお屋敷に移動していたので、正門からお屋敷を訪ねたことはないのだけど。

三人はタクシーから降りて、家の前まですずに付き添ってくれた。

「ここなら、やっちゃんとこに寄ったついでに、すずちゃんちにも行けちゃうね。今度遊びに行っていい？　すずちゃん？」

可憐さんがそう言うと、雅さんとコマチさんも、

「あら、いいわね」

「わたしも、すずちゃんちに行ってみたいな」

と次々言った。

「……うん」

すずは頰をゆるめて、はにかみながら答えた。

「じゃあ今度、すずちゃんちで、わたしと可憐ちゃんと雅さんとで女子会しよ」

「野獣さんが自分だけ仲間はずれにするのかって、悔しがるわね」

可憐さんがすかさず、やじゅうさまの真似をする。

「悔しがってなどないのだよ。私は女子供の集まりなど興味はないのだよ」

「野獣くん言いそう！」

みんなで笑った。

しあわせで、しあわせで、ただただしあわせで。

「女子会の前に、野獣くんのとこで、すずちゃんの復帰パーティーしなきゃ」

「それいい！　やっくんに相談しよ」

「じゃあ、すずちゃん、次は野獣さんのビストロでね」

次は、やじゅうさまのビストロで。

そんな約束をして、三人がタクシーに戻ろうとしたとき。

すずのおうちの玄関のドアが開いて、書類ケースを持ったパンツスーツのおかあさんが出てきた。

おかあさんが顔をしかめる。

「その人たちは誰」

咎《とが》めるような声が、あたたかかったすずの胸を一瞬で凍りつかせた。

一番幸せだったこの日に、一番哀しいことが起こるだなんて、すずはまだ知らなかった。

第五話　あなたが愛を知るならば

つららのような目をしたその女性は、音もなく野獣の前に現れた。

わずらわしそうに眉根《まゆね》を少し寄せ、ひんやりした声で言った。

「三百年経っても、あなたは変わらず愚かなのね」

◇　◇　◇

コマチたちが野獣の店に駆け込んできたとき、野獣はキッチンで下ごしらえの真っ最中だった。スープの味を確かめ「うむ、さすが私。極上なのだよ」と自画自賛していたら、ばたばた、どたどたと、品のない足音が近づいてきて、扉が開き、コマチ、雅、可憐の三人が息を切らして現れたのだ。

「なにごとなのだよ」

コマチと可憐はともかく、美意識が高く常に優雅な振る舞いを忘れない雅まで髪を乱して荒い息を吐いていることに驚いて尋ねると、三人は口々に言った。

「すずちゃんがピンチなんだよ、やっちゃん！」

「すずちゃんを送っていったら、おうちの前ですずちゃんのお母さんとばったり会っちゃって」

「すずちゃんのお母さま、わたしたちには丁寧な口調だったけれど、わたしたちを快く思っていないご様子だったわ」

すずの母親に会っただと！

どこまでも透明でひんやりした、つららのような目をした女性の姿と、その唇が眠るすずを見おろして紡いだ残酷な言葉を思い出し、野獣は背筋が震えた。

いつも家におらんのに、どうして今日にかぎって鉢合わせてしまうのだよっ。

三人の話によると、家の生垣のところですずと話していたら、家の中から母親が現れ、冷たい目で、この人たちは誰かとすずに尋ねたという。

すずはビクッと身を縮め、答えに窮していた。母親のことを恐れているようだった。

代わりにコマチが説明した。

――すずちゃんとは植物園で会って、仲良しになったんです。わたしたち三人とも植物園の近くの隠れ家ビストロの常連で。休日に昼飲みした帰りに植物園に立ち寄ったら、すずちゃんがお花を見ていて。最初は迷子かなと思って話しかけたんですけど、すずちゃんは、おうちが近いから一人で来ていたみたいです。すごくしっかりしていて、わたしたちにお花のことを教えてくれたんですよ。

──そう！　すずちゃん、お花に詳しくて、あたしたち感心しちゃって。それで、たまに植物園で会うようになったんです。歳は離れているけど友達になったんですよ～。

可憐が援護に入り、雅も気品をただよわせて名刺を差し出した。

──ご挨拶《あいさつ》が遅れて申し訳ありません。私は円小路雅と申します。銀座で美容サロンを経営しています。すずちゃんは本当に礼儀正しくて可愛らしくて、いつも和ませてもらっているんですよ。これからもすずちゃんとおつきあいさせていただけたら嬉《うれ》しいです。

コマチと可憐に言わせると、雅の対応は惚《ほ》れ惚《ぼ》れするほど素晴らしく、完璧《かんぺき》だったという。たいていの親なら警戒を解き、いえいえこちらこそ娘と仲良くしてくださってありがとうございます、とお礼のひとつも返していただろうと。

ところが、母親はさらに冷たく険しい表情になり、すずを鋭い目で見おろして言った。

──あなたは、植物園へ行ったの？　子供が一人で、そんなところへ行ってはいけないとわからなかったの？　迷惑をかけないようにおとなしくしていなさいと、いつも言っているでしょう。

すずはますます身を縮め、母親の言葉がもたらす痛みに、じっと耐えているようだった。

「野獣くんから、すずちゃんのお母さんが、だいぶ難アリとは聞いてたけど、あそこまでひどいとは思わなかった」

「うちも毒親だけど、あのお母さんはうちと違った方向で厄介だね」

「そうね、とても頭が良さそうで仕事もできそうなかただったわ。児童相談所に話しても、あのお母さんだと、きっとすずちゃんを保護してもらえないわ」

しかも母親は、三人にこうも告げた。

——仕事の関係で、海外へ移住することになったので、この家は更地にして売りに出します。娘は北海道の寄宿舎のある学校へ転入させるので、もうあなたがたとも会えなくなるでしょう。せっかく仲良くしてくださったのに申し訳ありません。

「ぜんぜんっ、申し訳ないなんて思ってない口調だったよ」

可憐が硬い表情で言った。

「うん、もう娘に会うなって警告されたみたいだった」

　コマチも怒りを堪《こら》えている顔で言う。

「このままだと、すずちゃんは北海道の学校に行ってしまって、野獣さんのお店へも来られなくなるわ」

　雅も憂い顔だ。

　三人とも真剣な目で野獣を見ている。

「うむむ……」

　指輪があれば、すずは世界中のどこにいてもこの屋敷へ来ることができる。なので母親がすずをこの場所から遠ざけようとしても無駄なのだよ、と説明したほうがよいのか悩む。そういうことは早く教えなさいと、怒られそうだ。

　しかし、それを抜きにしても、母親のすずに対する仕打ちには腹が立つ。まるで私に嫌がらせをしているようではないか。

　そう、むちゃくちゃ腹が立つのだよ！

　野獣は吠《ほ》えた。

「あの母親は、すずにまったく愛情を持っていないのだよ。すずを邪魔だと思っているのだよ。そんな母親に、すずの処遇を決める権利はひとっっっつもないのだよ。私がやっつけてやるのだよ！」

　彼女が、なんの気配もなく野獣の目の前に現れたのは、そのときだった。

　どこまでも透明で、鋭い――つららのような目をしたパンツスーツの美しい女が、店の中にいきなり立っていたのだ。彼女はほっそりした指に幅広の銀色のリングをはめていた。すずが野獣のもとを訪れるときに使っている指輪だ。

コマチに可憐に雅、全員が目を見開き、息をのむ。

野獣もゾッとした。

ギョッとしたのではなく、ゾッとしたのだ。

鏡で見ていたときも、すずに対する彼女の言動や、ひんやりした表情に背筋が寒くなることがあった。

が、実際に目の前に立つ彼女から発せられる異様な迫力や、細い体にまとう冷たい空気に、どうしようもなく体の芯《しん》が震え上がる。

この女を見ていたくない。

この女から離れたい。逃げ出したい。

強がることさえできない、ただただ恐ろしい、そんな気持ちを野獣が抱いた相手が一人だけいる。

夜ごとの舞踏会で浮かれ騒ぎ、戯れの恋に興じる気まぐれで高慢な王子だったころ、彼女は、やはり音もなく現れ、冷たい顔を彼に向け、言ったのだ。

愚かな王子よ、と——。

そして、今、目の前にいるすずの母親は、わずかに眉根を寄せて、ひんやりした声で言った。

「三百年経っても、あなたは変わらず愚かなのね」

恐怖と敗北の記憶が野獣の脳裏を稲光のように貫き、うわぁぁっ、と悲鳴をあげていた。

逃げなければ！　でもどこへ？　この屋敷の庭から外へは出られない！

膝《ひざ》が、がくんっ、と折れて、そのまま床にへなへなと座り込んでしまった野獣に、コマチたちがびっくりしている。

それでも取り繕う余裕などない。震える声で言った。

「す、すずの母親が……私を獣に変えた仙女、なのか？」

三人が、また息をのむ。

彼女がわずらわしそうに答える。

「ええ。今は片瀬仙華《せんか》という名の人間だけれど……。仙女だったころの記憶はあるし、そのころわたしが組み上げた術は、今も健在のようだわ……」

仙華は、あの薔薇《ばら》の刻印がある指輪を右手のひとさし指にはめている。ここへは指輪に命じて来たようだ。

――愚かな王子。おまえを醜い野獣に変えてやろう。この先おまえは閉ざされた屋敷とその庭より先へ出ることはかなわない。

――おぞましい姿に成り果てたおまえと、まことの心を持って結婚の誓いをしてくれる相手に出会うまで、おまえは野獣のまま一人で生き続けるのだ。

三百年前、仙女がひんやりした声で告げると、見たこともない屋敷の中にいた。調度品は素晴らしかったが、天井にも壁にも鏡が張り巡らされていて、そこに全身を灰色の毛でおおわれ、頭にねじれた角を、口から鋭い牙《きば》を生やした、醜い生き物が映っていた。

長い尻尾《しっぽ》まで生えていて、その尻尾を揺らしているのが自分であることに気づいて、恐怖と絶望のあまり吠え叫んだのだった。

あの仙女が今は人間だというのなら、対抗できるのではないか？　そんな気持ちは彼女のひえびえとした声を聞いただけで、すぐに失《う》せた。

人間であっても、彼女が発する異様さはまったく変わっていない。見つめられただけで足から力が抜け、全身に悪寒が走る。

この相手には絶対に敵《かな》わない――逆らえば、もっと酷《ひど》い目にあう。身を低くして服従するしかない——そんな敗北感に打ちのめされる。

なぜ、この女が、すずの母親なのだよ……っ。

すずという名をつけたのも、彼女なのか？　だとしたらどんなつもりで、美女《ベル》と同じ響きを秘めたベル《すず》と名付けたのだ。

「あなたは、わたしは娘に愛情を持ってないと言ったわね。だから娘の処遇を決める権利はわたしにはないと。けれど、わずらわしいことにわたしはあの子の母親だから、小学三年生の娘に対する義務も権利もあるのよ。愛情を持っていないのは、そのとおりだけれど」

「……っ、すずが邪魔なのに、すずを連れてゆくのかっ」

野獣がなんとかそれだけ口にすると、仙華はまた眉根《まゆね》を寄せた。本当にわずらわしくてうっとうしくて仕方がないというように。

「連れてはいかないわ。わたしは海外へ、娘は北海道の寄宿舎へ。娘にとっては今よりよほど安全で健全な環境になるはずよ」

「くっ、確かに……あの寒々しい家で、冷凍のお弁当ばかり食べさせられているよりはマシなのだよ……。なぜいまさら、そんな殊勝な気持ちになったのだよ……」

仙華は棘《とげ》のある声で答えた。

「愚かな野獣。あなたのせいよ」

「私の、せい……だと？」

「ええ、そう。私がしまい込んでいた指輪を使って、娘がこの場所であなたと会ってしまったとき、あなたが娘を受け入れたりしなければ、これまでどおりでよかったのよ。もう自分のことは自分でできる年齢だから、わたしが世話をしなくても死にはしないでしょうし、勝手に大きくなるでしょうから」

なんて言い草なのだよ、人間になったというが、人の血が通っているとは思えぬのだよ、と心の中でつぶやき顔をしかめる。

「そうか、すずが私に懐いているのが気に食わないのだな。それで意地悪をして、すずを私から引き離そうというのだな。仙女のころから、そういう根性のひん曲がった女だった……の、だよ」

野獣の声が小さくなっていったのは、仙華が愚かな生き物を見る目で野獣を見おろしていたからだ。

野獣が黙ってしまうと、仙華は言った。

「わたしが、娘をあなたから遠ざけざるを得ないのは、娘が小さい子供のままでは困るからよ」

私といると、すずが私に甘えて、子供のまま成長しないということか？　私は厳しくすべきところは、びしっと厳しくしているのだよ、と野獣が声に出さずに憤慨していると——。

「娘は小学一年生のころから、身長も体重もほとんど変わっていないわ。まったく成長していないわけではないけれど、速度がとてもゆっくりなの。それは娘が、この屋敷に頻繁に出入りしているせいよ」

胸に巨石をドシン！　と落とされたようだった。

すずがなかなか大きくならないことを、野獣もすず本人も気にしていた。きっと普段の食生活がいけないのだと、栄養のあるものを食べさせていたのだが……。

私の屋敷に、出入りしているせい……？

「この建物と庭は、同じ時間を繰り返しているの。一日が過ぎたら前の日に戻る。時間が巻き戻されるから、歳をとらないし成長もしない」

「それは野獣さんのお屋敷で過ごす時間が長いほど、歳をとらず老化もゆるやかになるということかしら……」

美容サロンを経営する雅が商売人の顔でつぶやき、コマチと可憐から批難の眼差《まなざ》しを向けられ、冗談よというように微笑む。

そんな様子も、仙華の言葉に衝撃を受けている野獣の目には入らない。

「今までのようにあなたのところへ通っていたら、娘は成人する年齢になっても小学生のままよ」

なんということだ。私がすずを屋敷に置いておいたせいで、すずが大きくなれないだなんて。

野獣はもはや声を出す力も残っていなかった。

仙華が淡々と続ける。

「指輪は処分するつもりよ。それでも今の家は、この場所に近すぎる……。私が片瀬仙華としてこの国に生まれたときに、屋敷と庭を閉じ込めた空間ごと私の近くに移動してしまったのね……。わたしが海外へ住居を移せば、この空間もまたそちらへ移動する。だからわたしは日本を出て、娘は北海道の寄宿舎に入れるのよ」

そうすれば娘は順調に成長し、わたしも母親というわずらわしい役目から解放されるだろうと、仙華は最後まですずに対して愛情の欠片《かけら》も見せなかった。

「あなたももう余計なことはしないで。もっとも、あなたはここから出られないし、なにもできないでしょうけど」

そう言って、野獣の視界から消えた。

仙華はいなくなったというのに体がガタガタ震え出し、床に座り込んだまま立てずにいる野獣に、コマチと雅と可憐が駆け寄る。

「なんで黙って行かせちゃったの野獣くん？　やっつけてやるんじゃなかったの？」

「あたし、あのひとを怒鳴りつけそうになるのをずっと我慢してたんだからっ。やっちゃんが腰を抜かしたまま動けないなら、あたしがすずちゃんをあの家から連れてくるよ」

可憐は涙ぐんでいる。

雅が言いにくそうに口を挟んだ。

「可憐さんたちの気持ちはわかるわ。でも……すずちゃんはお屋敷にいたら、大人にならないのでしょう？　わたしたちはもう大人だから、歳をとらないのはむしろありがたいけれど……すずちゃんがずっと小学生のままなのは、すずちゃんもかわいそうよ。背が伸びないことを気にしているようだったもの」

「そ、そうだけど……」

可憐がしゅんとしてしまう。コマチも暗い顔をしている。

野獣の震えも止まらない。

奥歯を食いしばり、苦しげに言った。

「くっ……あの女に、逆らうのはよすのだよ……。私のように……永劫《えいごう》の苦しみを味わうことに……なるのだよ……希望を抱いたとしても、結局失われて……さらに絶望する……その繰り返し、だ。……三百年前も、今も……」

この閉ざされた空間で無限に時間が繰り返されるように、絶望もまた繰り返す。希望が訪れ、絶望に変わる。

そして今は、絶望の時間だ。

「すずは、私から去る運命なのだよ……もう……終わりに、したいのだよ」

野獣の目から大粒の涙が、ぼろぼろこぼれる。

部屋の中は、シンとしてしまった。

◇　◇　◇

三百年前のあの日。

薔薇《ばら》の茂みの前に不安そうにたたずむベルは、とても若くて弱そうで自信なげな娘に見えた。まさか父親の代わりに身を捧《ささ》げる娘が本当にいるとは思っていなかったから、野獣はあんまり驚いて、ムッとした顔で尋ねたのだ。

「Pourquoi《なぜ、》 êtes-vous《おまえは、》 là《ここにいるのだよ》？」

ベルは野獣を見て青ざめていたけれど、逃げなかった。

途切れそうなか細い声で、お父さまに薔薇をお願いしたのはわたしなので、わたしはお父さまの代わりに喜んで死にます、と答えたのだった——。

ただただ、おとなしい娘だった。

兄が二人、姉が二人いて、母親はベルを出産したときに亡くなったという。父親は愛する妻を失ったことを悲しみ、ベルの顔を見るとき、いつも哀しそうだったと。

「……わたしのせいで、お母さまが……死んでしまったから」

家族のために役立つ人間になることが、父と兄姉たちから母を奪ったことに対する償いだと信じているようで、そんな娘だから、父親の代わりに野獣に食われることも厭《いと》わなかったのだろう。

一緒に暮らすうちに野獣は、ベルの自己肯定感の低さがもどかしくなってきた。

「ベルは私を救ってくれる。私にとってベルは世界一価値があるのだよ！」

何度もそう言い聞かせ、どうしたらベルを笑顔にすることができるだろうと、考えるようになった。

ベルも少しずつ野獣にうちとけ、庭でお茶を飲んだり、広間でダンスを踊ったりして——二人で過ごす時間が増え、野獣に向けられる表情もしだいにやわらいでいった。

野獣は何度もベルにプロポーズした。

「ベルが結婚してくれれば私は王子に戻り、やがて王になる。ベルは王妃になるのだよ」

ベルはそのたび困っている顔で、首を横に振った。

「王妃だなんて……わたしにはふさわしくありません」

ベルが野獣のプロポーズを断るのは、ベルが慎《つつ》ましすぎるだけで、いつか野獣と結婚してくれると信じていた。

時間はたっぷりあるから、ゆっくりでよいのだ。

私はベルに強制したりせぬから。

そんなふうに思えることも、胸がこそばゆく嬉《うれ》しかった。

なのに、病気の父親の見舞いで里帰りしたベルは、約束の日を過ぎても帰らなかった。

野獣が薔薇の刻印の指輪を渡したとき、必ず一週間で戻りますと誓ったのに。

ベルの姉たちが妹を妬《ねた》み罠《わな》に嵌《は》めたことを、野獣は鏡で見て知っていた。姉たちは、ベルがいなくなったら淋《さび》しくて死んでしまうと嘘泣きまでして引き留めた。

ベルは、その願いを断れなかった。

母親の命と引き換えに生まれたときから、自分の人生は家族への贖罪《しょくざい》のためにあると思いつめていたから。

そんなベルを野獣はずっと変えたくて、ベルは幸福になっていいのだと教えてやりたくて――けど、ベルは変わっていなかった。

野獣のもとへ来たときと同じ、自己肯定感が低く、家族に決して逆らえない、弱い娘のままだった。

決して自分から幸福になろうとはしない、哀しい娘のままだった。

私はベルを変えられなかった！

実家に残ったベルは野獣への罪悪感からか、また笑わない娘になってしまい、病気の父親の介護と家事をする日々を送っていた。

数年後、父親が亡くなると、ベルも自分の役目を終えたように静かに息を引きとった。

まだ二十歳にも届かない若さだった。

埋葬されるベルを、野獣は鏡の前で吠《ほ》え叫びながら見ていた。

「なぜ指輪に、私のもとへ帰りたいと願ってくれなかったんだ！」

この屋敷にいれば、こんなに若く死ぬこともなかったのに！

私がもっと笑わせてやれたのに！

ベルのことを考えるたび、過去のベルが鏡に映し出され――それが哀しそうな顔ばかりでたまらなかったから。野獣は、ベルは約束を破った大嘘つきで、家に帰ったあと金持ちのハンサムな男と結婚してしまったと思おうとした。

あんな娘、思い出すだけで腹立たしい。もう若い娘はごめんなのだよ！

だから――。

薔薇の庭に迷い込んだ子供の指に、薔薇の刻印の指輪を見つけたとき、息が止まりそうになった。

それは野獣がベルに与えたものだったから。

しかもベルを思わせる子供は、名前までベルと重なって。子供がその名前を口にしたとき、封印していた想いが波のように胸に押し寄せ、野獣は泣いてしまうところだった。

ベルと同じ気配、同じ表情、同じ匂い、同じ響きを秘めた名前を持つこの子供は、ベルの生まれ変わりなのだ。

ならば、なおさら自分に近づけたくない、自分と無関係の場所で新たな生を送ってほしいと思った。

もう、ベルを失ったときのような深い絶望を、味わいたくなかったから……。

◇　◇　◇

みっともなく泣いて仙華への敗北を認めてから一週間も、野獣は自室のベッドに引きこもっている。

鏡を見ないよう、毛布と掛け布団の中で体を丸めていた。朝も昼も夜もそうやって過ごし、食事もしていない。おなかがぐーぐー鳴りっぱなしだが、万が一にも鏡に映るすずを見てしまうことを恐れて、ベッドから出られずにいる。

「あー、やっと見つけた！　このお屋敷、広すぎ！」

コマチの声がし、

「可憐ちゃーん！　雅さーん！　野獣くん、いたよー！」

と呼びかけるのが聞こえ、続いて可憐の声も聞こえてきた。

「もぉっ、廊下が迷路みたいで捜すのに苦労したよ。あたし、家は広ければ広いほどイイって思ってたけど、認識改めちゃったよ」

「このミノムシみたいに丸くなっているのが、野獣さんかしら？」

「ぐーぐー鳴ってるのは、やっちゃんのおなか？」

「野獣くん、またハンストしてるの？　ベルのとき庭でごはんも食べずに半年もフテ寝したけど、おなかが減って寒いだけで死ねなかったって言ってたじゃない」

　野獣は毛布と布団をかぶったまま、やさぐれた声で答えた。

「うるっっさい、のだよ。あのときは庭で寝て寒くて失敗したから、今度はベッドにしといたのだよ。極厚毛布と高級羽毛布団がぬくぬくで快適なのだよっ、あと百年はゴロゴロしていられるのだよっ」

「はぁっ？　百年も経ったら、わたしたちみんな死んでるじゃない。すずちゃんだって生きててもおばあさんよっ」

「そうか、では二百年ゴロゴロするから、放っておいてほしいのだよ」

　そう返したとたんに、布団の上からゆさゆさ揺すぶられた。

「しっかりしてよ、やっちゃん！　すずちゃんち、今日から解体工事がはじまるって。すずちゃん北海道に行っちゃうよ。そしたら、やっちゃん絶対後悔するよ！」

　半泣きのこの声は可憐だ。雅の声も聞こえた。

「ねぇ野獣さん、すずちゃんが子供のまま成長しないのは問題だけど、すずちゃんと離れずにすむ方法があるかもしれないわ。それを、わたしたちと一緒に探しましょう」

「……無理なのだよ。私はこの屋敷の庭から外へ出られない。指輪もあの性悪仙女が持っている。もうやれることはないのだよ」

　本当は今すぐ、すずのもとへ駆けつけたい。

　ベルのときも、さんざんそう願った。

鏡に向かって、私のもとへ戻りたいと指輪に念じてくれと何度も叫んだし、どうにか外へ出てベルを屋敷に連れ戻せないかと、考えられる方法はすべて試した。

でも、無駄だった。

野獣の言葉は、ベルに届かなかったようにすずにも聞こえない。どう足搔《あが》いてもベルのもとへ辿《たど》り着けなかったように、すずのところへも行かれない。

そのとき、野獣を叱りつけるコマチの声が響き渡った。

「そんなこと、言わないでよっっ！　無理だなんて言わないでっ！　野獣くん、わたし再就職、決まったんだよ。わたしなんて、彼氏に振られたし会社もリストラされたし、婚活もうまく行かないし、もう人生終わったって思ってた。力が全然わいてこなくて、なにをやっても無駄だし無理なんだって。でもねっっ！　野獣くんの骨付き鶏《とり》も肉のワイン煮込みを食べたら、また前向きに頑張ろうって思えたの！　しっかり就職活動して、秋くんと小林さんの結婚式にも出席して、祝福しようって——。

結婚式、昨日だったのっ！

わたし、ちゃんとおめでとうって言えたし、ブライダルブーケまで受け取っちゃったよ！

わたしが再出発できたのは、野獣くんの鶏のワイン煮込みのおかげなんだよっ！」

コマチの熱が伝染したように、今度は雅が叫んだ。

「わたしもっ——離婚した夫から家政婦扱いされて、つまらない女だと蔑《さげす》まれていたことに、ずっと囚《とら》われていたわ！　仕事で成功して、あれはもう過去のことだと思っていたけれど、そうじゃなかった！

わたしが過去に復讐《ふくしゅう》していることに気づかせてくれたのは、野獣さん、あなたよ！　野獣さんが、わたしを未来へ進ませてくれたの！

わたしはとても面倒くさいお客だったのに、リクエストに応《こた》えて、見切り品のお野菜と鯛《たい》で、最高に美味《おい》しくて——優しいパイ包みを作ってくれたわね。

野獣さんが、わたしのこと『おもしれぇ女』と言ってくれたことは、わたしの勲章よ！」

可憐も泣きながら言う。

「うちは毒親の上にビンボーで、子供のころから具なしのうどんやラーメンばっかり食べてた。やっちゃんは、あたしに具がいっっっっぱいの豪華海鮮リゾットを食べさせてくれて、あたしの惨めな食歴を、アップデートしてくれた！

やっちゃんは、あたしにとってもいいことをしてくれたんだよ！

あたしは、とびきり豪華で、めちゃくちゃ美味しいご馳走《ちそう》を食べたことがあるんだって、たとえ相手がアラブの大富豪だとしても自慢できちゃうよ！

本当にすごいことなんだから。

やっちゃんには、できることがたくさんあるんだから！

すずちゃんのこと、あきらめないでっ！」

野獣は毛布と布団をばさりとはねのけ、叫びながら身を起こした。

「うるさくて、寝ておられんのだよっ！」

コマチの、雅の、可憐の顔が、朝の光を浴びた薔薇《ばら》の花よりもあざやかに輝く。

まったく、こいつらは――まったく、まったく、なのだよっ。

三人の美女たちに見つめられ、野獣はベッドから降り、毛むくじゃらの二本足でしっかりと床を踏みしめた。壁と天井に張り巡らされた鏡を覚悟を持って睨《にら》みつけると、そこにすずの姿が映し出された。

解体工事のため作業員が家に集まっていて、ボストンバッグを提げたすずは暗い顔でうつむいている。仙華が、娘を飛行機に乗せなければならないからもう家を出るので、打ち合わせどおり作業を進めてほしいと、現場監督らしき男性と話している。

たった一週間で、解体作業から娘の転校まで手配したのか？　なんて女だ！　きっと一刻も早く、すずを野獣から引き離したいのだろう。

唯一の幸いは、野獣が見ている映像が過去のすずではなく、現在のすずだということだ。

まだ、間に合う！

すずが仙華にうながされ、家の前に待機していたタクシーの後部座席にのろのろと座り、その隣にわずらわしそうな顔をした仙華が座る。

すずは膝《ひざ》に載せたボストンバッグを抱え、うつむいたままだ。すべてをあきらめた表情が、姉たちに抗《あらが》えずにいたベルにそっくりだ。

「いかん！　いかんのだよ、すず！」

ベルが辿った短い生涯が頭に浮かび、野獣はなんとしてもすずを引き止めなければと思った。


そのとき、屋敷がぐらりと揺れた。


「え？　地震？」

「うそ、こんなときに」

「おかしいわ、こんなに揺れてるのに、すずちゃんたちがいる場所は、誰も揺れを感じてないみたい」

現場監督の指示で、解体作業がはじまっている。

「っっ、あの性悪仙女が予告したとおりだとすれば、屋敷と庭のある空間が別の場所へ移動しようとしておるのかもしれぬのだよっ！」

「ええっ、移動ってどこへ？」

「海外だと困る。パスポート持ってきてないし」

「わたしも明日《あした》、雑誌のインタビューがあるのよ」

三人は床に膝をつき、枕を頭にかぶったりして騒いでいる。

「おまえたちは、早く外へ出るのだよ！」

けれど揺れが激しさを増し、立ち上がるのも危ない。

すずを乗せたタクシーも走り出してしまう。

「すず！」

野獣は身を沈め四本の足で床を蹴《け》った。そのまま鏡に映るすずのほうへ駆け出す。

「やっちゃん、危ない！」

鏡に頭から突っ込み、後方に弾《はじ》き返された。鏡にはヒビひとつ入っていない。

このやりかたは、ベルのときにも試した。鏡に何度も何度も体当たりして、体がぼろぼろになっても、鏡に映るベルに向かっていった。

だから、このやりかたでは、鏡の向こうへは行けないとわかっている。

それでも、今はこれしかできない。

鏡に映る画像が、電波ではなく魔法でつながっているなら、可能性はある！

「すずよ！　今すぐ行くのだよっ！」

また鏡に弾き返され、それでも浅ましい獣に成り果てて四本の足で走り、飛び込み、弾かれ、また全身で飛び込む。

野獣の体はあちこち腫《は》れ、熱を帯び、全身がズキズキ痛む。

体当たりを繰り返す野獣を、三人は最初は驚いて、それから自分たちも痛そうな目をして見ていたが、雅がなにか思いついた顔で言った。

「野獣さんの魔法が解けたら、人間に戻って外へ出られるんじゃないかしら……」

「そしたら、やっちゃんは、すずちゃんを助けにいける」

「やってみる価値はあるわ」

そう言うなり、コマチが叫んだ。

「野獣くん！　わたしは、野獣くんと結婚する！　これは嘘じゃない！　本当の気持ちよっ！　野獣くんとなら結婚してもいい！」

雅も、可憐も、次々叫ぶ。

「わたしも、野獣さんと結婚して野獣さんの妻になると誓うわ！」

「あたしと結婚してっ！　やっちゃん！」

光が、はじけた。

部屋の扉で、飾り窓で、床で、光の花が力強くその花弁を広げ、鋭い音を立ててはじける。

窓の外から祝砲のような音がいくつも聞こえてきて、あざやかな薔薇の群れの上で、黄金の花火のように、光が次々と開きはじけてゆく！

壁と天井に張り巡らされた鏡に光の花が無数に咲き乱れ、水紋のように広がる光が、鏡全体を輝かせた。

そのまばゆい輝きの中へ、野獣は四本の足で思い切り跳躍し、身を躍らせた。

野獣の体をおおう毛がぶわりとふくらみ、たてがみと尻尾《しっぽ》が勇ましく舞う。全身がビリビリするほどの熱い光に包まれる。

コマチと雅と可憐が、野獣が鏡を通り抜け、その向こうへ降り立つのを見届ける。

コマチよ、雅よ、可憐よ、と鏡を通り抜ける瞬間、三百年ものあいだ求め続けた最強の呪文《じゅもん》をくれた三人の美女たちに、野獣は最大の敬意と感謝とともに心の中で呼びかけた。

たいした美女たちなのだよ！

全員とびきりなのだよ！

野獣の四肢が、太陽に照らされたアスファルトを踏みしめる。

そこは車がびゅん、びゅん、と走り過ぎてゆく高速道路だった。

前方を走るタクシーのリアウィンドウ越しに、すずの小さな頭が見える。

「すずっっっ！」

野獣は雷鳴のような声で叫びながら、高速道路の路肩を走り出した。

車のドライバーたちが、路肩を爆走する獣を見て目を丸くする。

「うわぁ、なんだ、あれは！」

「動物？　派手な服を着てるけど、ライオンがサーカスから逃げてきたのか？」

「角が生えてるし、尻尾もライオンにしてはふさふさしてない？　作り物？」

真昼の高速道路は騒然となった。

野獣は周囲の驚きなど気にせず、すずが乗車するタクシーを全力で追いかけた。

鏡に何度も体を打ちつけたため、あちこちひりひりするし、服もボロボロだ。

ずっとベッドでフテ寝していたので、靴をはいていない。硬いアスファルトを蹴り続けるうちに足の裏がすりむけ、血が流れた。

荒い鼻息を飛ばす野獣の顔が、タクシーまで三メートルほどの距離に迫る。

タクシーの運転手が、バックミラーに映る灰色の獣に驚いて、ライオンみたいな生き物が追いかけてくるとでも言ったのだろうか。

すずが振り向く。

しょんぼりしていた顔に驚きがあふれ、体ごと野獣のほうへ向き直りリアウィンドウに両手をぺたりとつけて、泣きそうな顔をする。

「すずよ！　迎えに来たのだよっ！　私と一緒に屋敷に帰るのだよっ！　コマチも、雅も、可憐も、すずを待っているのだよっ！」

あと一メートルのところまでタクシーに迫りながら、野獣は何度もすずの名を呼んだ。

すず、

すず、

すず！

屋敷で野獣がそう呼びかけるたび、すずは頰をほんのりゆるめ、リボンのリングから下げた鈴を、チリン……チリン……と鳴らしていた。

すずがベルの生まれ変わりでなくても、野獣は今のすずと、あの薔薇《ばら》の屋敷でやわらかな時間を重ねてきた。

涼しげな鈴の音が聞こえると、いつも安心した。

すずのために栄養のある美味《おい》しいメニューを考える時間が楽しかった。

野獣が作った料理を食べて、すずが顔をほころばせて、おいしい……と言ってくれると、尻尾が自然に揺れた。

そうだ！　すずは、すずだ！

何度も名前を呼び、その響きが引き起こすおだやかで優しい気持ちに胸が震える。

「すず！　すずよ！」

本当に、呼びやすくて愛らしい、よい名前なのだよ。

窓ガラスが開いて、涙で目をいっぱいにしたすずが顔を出した。

「やじゅうさまぁぁぁぁっ！」

◇　◇　◇

母親の制止もきかずに窓ガラスを開けて、ありったけの声で叫ぶすずを、仙華は複雑な気持ちで見つめている。

すずが母親に逆らったのは、初めてだった。

物心ついたときから、母親を恐れて身を縮めている子供だった。

すずに話しかける人間がいなかったせいか言葉を覚えるのも遅かったし、今もうまく話せない。

仙華が冷たい視線を向けると、すずは自分が悪いことをしたみたいにうつむいてしまう。

そんなふうに母親の愛情に飢えている幼い娘を、まるで愛《いと》しいと思えないのは仙華には仕方のないことだ。

ずっと昔、仙華が今の生をはじめる前からそうだった。三百年前、仙華は力のある仙女だった。千年近くも歳をとらないまま生きてきて、そのあいだになにかを愛しいと思うことは、一度もなかった。

……わたしは、愛を知らない。

千年の時をかけて、この世のすべてを知ったつもりでいたけれど、人が自分以外の他者に抱く、愛というものについてだけは、わからなかった。

それは親が子を慈しむ優しい気持ちだったり、恋人たちが互いに抱きあう、あまやかな感情だったり、主君に捧《ささ》げる深い献身だったりと、千差万別で実体のない、あやふやなものだった。

それでも、愛を知る人々は満ち足りて見えて、仙華は胸がざわざわした。

世界のことわりを捻《ね》じ曲げることさえ可能な力を持つ自分より、無知で無力なものたちのほうが幸福そうなのが納得できず、苛立《いらだ》っていた。

そんなとき、若く華やかな娘たちに囲まれて浮かれ騒ぐ金髪の王子が、たまたま目にとまった。

富と美貌《びぼう》、王子という立場、娘たちからの一途《いちず》な愛情、そのすべてに恵まれた青年は、仙華と同じように愛を知らない者だった。

気まぐれに花を摘むように娘たちのあいだを踊り歩き、神のように美しい自分が愛されるのは当然で、自分は彼女たちと心のままに戯れる権利があると軽々しく語る彼は、仙華の目にとても愚かで醜悪に見えた。

愛を知らない王子。

自分の欠落に気づきもせず、この世で一番幸福な身の上だと浮かれ騒いでいる。

愛で満ち足りた無力な者たちよりも、厭《いと》わしく感じた。

だから中身と同じくらい醜い獣の姿に変え、時間の止まった空間に閉じ込めてやったのだ。


——愚かな王子。おぞましい姿に変わり果てたおまえと、まことの心をもって結婚の誓いをしてくれる相手に出会うまで、おまえは野獣のまま一人で生き続けるのだ。


そんな娘は、きっと永遠に現れない。

屋敷に封じられた孤独な野獣が、愛を知ることもない。

そう思っていた。

一人だけ野獣の心に希望をともした娘がいたが、その娘も野獣から去っていった。

百年が過ぎ、二百年が過ぎ、野獣も仙華も愛を知らないままで——そのことに仙華は飽きてきた。

わたしが力を持たない人間として生まれれば、愛を知ることができるかもしれない。

そう考えて、人間の片瀬仙華として転生した。

計算違いだったのは、仙華が母親の胎内にいたときから前世の記憶を持っていたことで。そんな状態で、普通の人間としての感情など抱けるはずがない。

人間になっても仙華は愛を知らない欠落者のままだった。

子供を産めば、その子のことを愛せるかもしれない。自分の胎内で育てたものであれば、愛おしいと思えるのではないか。

それは仙華にとって、最後の賭《か》けだった。

外国で精子を買い、自分の胎内で卵子と結合させ十月十日育てた。つわりがひどく苛立つ日々が続いた。なのに、ようやく生まれてきた赤ん坊を見ても、その子が泣いていても、少しも愛しいともかわいそうだとも思えない。

それどころか、この生き物が一人で生きてゆけるようになるまで、自分が保護者として面倒を見なければならないことに、胸がざわざわするほどのわずらわしさを感じた。

しかも赤ん坊は、あの野獣にひとときの希望を与えて去っていったベルという娘の転生だった。

なぜそれを確信したのか。

退院後、家に赤ん坊を連れ帰った翌朝、赤ん坊の枕もとに指輪があったからだ。薔薇の刻印の指輪は、仙華が学生時代にフランスを旅したとき、いくつかの瓦礫《がれき》とともに持ち帰ったものだ。

瓦礫があった場所には、かつて城があった。そこから別の村へ移動し、井戸水をくんで喉《のど》をうるおそうとしたとき、桶《おけ》の底に指輪が沈んでいた。

野獣がベルに与えた指輪だった。

指輪をはめて行きたい場所を念じれば、どこへでも移動できる。そんな魔法のアイテムを、野獣は自分を閉じ込めている空間から逃れるために使おうとして、作らせた。

けど、野獣がどれだけ念じても、屋敷の中と庭の範囲でしか移動ができない。

怒って放置されていた指輪は、ベルのものになった。

こんなところで、この指輪をまた目にするなんて……。

不思議な縁を感じて仙華は指輪を持ち帰り、瓦礫と一緒に箱に入れ保管していた。

箱から指輪を出したおぼえはないのに、指輪はそこにあり、つやつやと光を帯びている。まるで正当な持ち主のもとへ戻ってこられたことを喜んでいるように。

この赤ん坊は、あのベルなのだ。

仙華が指輪を持っていたから、ベルが仙華の子供として生まれてきたのか、それとも、そうなる未来を予測して指輪が仙華に自分を運ばせたのか。

そんなことはもはやどうでもよくて、ますます赤ん坊を気味が悪く、疎ましく感じた。

わたしがベルを育てるなんて。

今度は仙華が天から罰を下されたような気がして、唇を噛《か》んだ。

仙女の力は失っても知識は残っていたので、指輪に封印をほどこして押入れにしまい、赤ん坊には『すず』と名前をつけた。

他の名前をつけても、きっとベルを思い出して嫌な気分になる。それなら最初からベルと同じ響きを隠した名をつけることにしたのだ。

片言で話すようになると、すずはますますベルに似てきた。ベルも自分に自信がなくて、いつもうつむいて自己主張できない娘だった。

すずをそんな性格にしたのは、母親である仙華の責任でもある。わかっていても、すずに優しくしようという気持ちはわいてこなかったし、むしろベルに似たおどおどした目を向けられるたび、責められている気がした。

すずが成人し、あとは一切、仙華と関わらずにいてくれること。

それだけが仙華の望みだった。

すずは周りの子供たちより成長が遅く、小学三年生になっても一年生のころとたいして変わらず、仙華は焦《じ》れていた。

まさか、すずが指輪を使って、野獣の屋敷に出入りしていたなんて。

すずの友人だという三人の女性たちから、植物園ですずと知り合ったと聞いたとき、仙華はすべてをさとった。

迂闊《うかつ》だった。

すずの顔を見たくなさすぎて、放置がすぎた。

すずが成長しないのも、野獣の屋敷で相当長い時間を過ごしていたせいに違いない。

仙華はすずを、野獣から引き離すことを決めた。

ベルが姉たちに従うしかなかったように、すずも母親である仙華に逆らえない。

そのはずだったのにね……。


この子は、わたしに決して抵抗できない、わたしの意志に従うしかない。そう侮っていた娘は、目から涙の粒をぽろぽろこぼしながら、開いた窓ガラスから頭を突き出し叫び続けている。

「やじゅうさま！　やじゅうさま！　やじゅうさまっっ！」

そして尊大で気取りやで、みっともないことはなにひとつしたくないと言い放っていた王子は、四本の足でがむしゃらに走っている。

彼が走ったあとに血の跡が点々と残っている。

顔をゆがめ牙《きば》をむき出しにして、

「すず！　すず！」

と呼んでいる。

彼がここにいること自体、ありえないことだ。

仙華がかけた魔法は、仙女としての生を終えた今もなお続くほど強力だ。野獣の姿の彼と、まことの気持ちで結婚の誓いをする相手が現れるまで、魔法が解けることは絶対にない。

なぜ彼は、あの空間からこの場所へ来ることができたのか？

誰かが、彼に、結婚の誓いをした？

言葉にするだけでは魔法は解けない。そこにまことの気持ちがなければ。

野獣の彼と、心から結婚したいと望む女性がいたということ？

仙華の頭に、三人の女性が浮かんだ。

年齢も服装もばらばらの、魅力的であざやかな、強い意志を感じる女性たち。あの三人の誰かが野獣に結婚を誓い、野獣を解放し、すずのもとへ向かわせたというの？

それしか考えられない。

そして、そんな女性と縁《えにし》を結ぶことができた野獣はもう、愛を知らない軽薄で尊大な王子ではないのだ。

野獣は愛を知り、すずもかつてのベルと同じ人間ではない。ベルにできなかったことを、すずは今している。

窓ガラスから転げ落ちそうなほど身を乗り出すすずを、仙華は両肩をつかんで引き戻した。

その手を振り払おうとするすずの細い指に、仙華が持っていた薔薇《ばら》の刻印の指輪をするりとはめてやると、すずはもがくのをやめて目を丸くした。

子供なんて、今でもわずらわしくて好きではないけれど……。

「あなたの望む場所へ勝手に行きなさい……すず」

わずらわしいものは、目の届かないところへ追い払うしかない。

すずが涙の粒を頬につけたまま、驚きや戸惑いや、その他の様々な感情があふれた顔で仙華を見上げてくる。

野獣がタクシーと並走しながら、すずの名を呼び、タクシーの運転手に止まれとわめいていて、運転手はすっかりパニクってる。

すずが野獣のほうを見る。

目が合うと、やわらかく微笑み、こくり、とうなずく。

そして——すずの姿はタクシーから消えた。

◇　◇　◇

野獣の背中に、ミルクの香りのするあたたかいものが落ちてきた。

すずだった。

野獣の上でころりと反転し車道に落ちそうになるすずを、野獣は慌てて抱きとめ、怪我をさせないようしっかり胸に抱き込んで、車道と反対の土手のほうへ半回転した。

そのまま草の上をごろごろ転がってゆく。

河原の少し手前でようやく止まる。

すずは目をぎゅっと閉じ、野獣の胸にしがみついている。

細い指の付け根に薔薇の刻印の指輪が見えた。

この指輪がすずを、野獣のもとへ運んでくれたのだろう。

すずが指輪に、野獣のところへ行きたいと願ってくれたから。

すずが目を開ける。

頬と唇がゆるみ、はにかむように笑う。

またすずを強く抱きしめて、野獣は言った。

「屋敷に帰るのだよ、すず」

「はい……やじゅうさま」

すずが野獣のたてがみに頬をすりよせ答える。

そして——あのライオンみたいな生き物はどうなったのか？　小さい女の子が一緒に

落ちたようだが大丈夫かと、高速道路の路肩から車を降りて心配そうにのぞきこんできた人たちは、二人が幸せそうに抱き合ったまま、ふっ……と消えるのを見て、目をこすったのだった。

エピローグ

屋敷に帰宅すると、そこはテーブルや椅子やソファーが配置された野獣のビストロだった。

すぐに足音がバタバタ近づいてきて、キッチンの奥のドアが開き、コマチと雅、可憐の三人が飛び出してくる。

「わ～ん、おかえり、すずちゃん！」

「野獣くんも頑張ったね！　鏡で見てたよ！　感動した！」

「ふふ、おかえりなさい、すずちゃん、野獣さん」

三人とも、すずの帰宅を喜び、野獣の奮闘を褒め称《たた》えた。

「私が本気になればこんなものなのだよ。だが……すずのもとへ辿《たど》り着けたのは、三人のおかげなのだよ。ありがとう……なのだよ」

「じゃあお礼に、鴨のコンフィとか作ってもらおっかな」

コマチがわくわくと目を輝かせ、可憐もすかさず、

「あたしは、ぷりぷりの牡蠣《かき》が食べたーい！　グラタンがいいな！」

と注文し、雅も艶《つや》っぽく野獣に視線を送る。

「そろそろジビエのシーズンね。わたしはイノシシのローストをお願いね、野獣さん」

「っっ――私はこれでも怪我人だし、一週間もなにも口にしてなくて、おなかがぺこぺこなのだよ。今日くらい、お取り寄せで我慢するのだよっ」

野獣が尻尾《しっぽ》を床にぴしぴし打ちつけながら言うなり、テーブルに鴨のコンフィや牡蠣のグラタン、イノシシのローストが、湯気を立てて現れた。

「鴨、美味《おい》しそう！　ま、今日はこれでいっか」

「グラタンぐつぐつしてる」

「イノシシも厚みがあって食べ応《ごた》えがありそうね」

他にもロールパンやバゲット、スープやサラダが次々並び、グラスにシャンパンが注がれる。

「すずもなにか頼むのだよ」

するとすずは、唇をほころばせて言った。

「……ミートボールの、クリームスープリゾット。にんじんが、いっぱいのやつ」

「おおっ、すずが初めて夜ごはんを食べたときのメニューなのだよ。私も同じものにしよう。一週間の絶食のあとに、がっつりしたものは胃がもたれそうだからな」

野菜を小さめに切ったミートボール入りのクリームスープリゾットが、テーブルにふたつ現れる。ちゃんとハートの人参《にんじん》も浮かんでいる。

すずが、ぱぁーっと目を輝かせる。

「私の分まで、ハートにしなくともよかったのだよ」

と野獣は文句を言った。

それから五人でテーブルを囲んで、食べはじめた。

「んんっ、牡蠣がぷりぷり。ホワイトソースにチーズがとろりなの最高。そうだ、やっちゃんSNSでめっちゃバズッてたよ、高速道路をライオンのような生き物が疾走！ って――」

「そうそう、野獣くんの尻尾とたてがみが動画にちらっと映ってた。現在も捜索中だってさ。自衛隊の人たちも大変だね。ああ、鴨、美味しいっ」

「ふふ、イノシシのお肉も歯応えがしっかりしていて、これぞ野生の味ね」

「やじゅうさま……スープのおやさい、おいしい……」

「そうであろう、そうであろう。私も七日ぶりの食事は体に染み渡るのだよ」

ハートの人参をスプーンですくって口へ運び、野獣が満ち足りた心地で言う。

すずが屋敷に戻ってきて、本当によかった。

この屋敷にいると、すずの成長が止まってしまうという問題はあるが、それはこれから考えてゆくとして、とりあえず今は食事もたっぷりあって、すずもコマチも雅も可憐も楽しそうで、足りないものはなにもない。

「ん……？　待つのだよ」

「どうしたの、やっちゃん？　急に難しい顔しちゃって」

「ひとつ……気になることがあるのだよ」

「あ、実はわたしも」

「そうね、わたしも気になっていたわ」

「え？　コマチさんと雅さんも？　え？　なになに？」

コマチと雅がじっと野獣を見て、可憐とすずはきょとんとしている。

野獣は、くわっと口を開けた。

「なぜ私は野獣のままなのだよっ！　三人が結婚の誓いをしてくれて魔法は解けたはずなのに、なぜ金髪の王子さまに戻らないのだよっ！」

そもそも屋敷の便利仕様もしっかり機能しているようで、それはなくなったら困るのであってもいいのだが、野獣のままなのはいただけない。早く王子さまに戻りたい。

すると、店の入り口のほうで声がした。

「それは、あなたが三人のうちの一人を選べずにいるからよ」

仙華が、すずのボストンバッグを持って立っている。

以前ここへ来たときの威圧感は消えていて、表情もクールではあるが冷ややかさが幾分やわらいでいる。

「彼女たちが、あなたに結婚の誓いをした美女というわけね。そんな物好きが三人もいるとは思わなかったわ」

仙華の皮肉に、コマチは眉《まゆ》をピクリとさせ、可憐は唇を突き出し、雅はにこやかな顔になった。

仙華は気にした様子もなく言葉を続ける。

「けど、彼女たちはあなたに結婚の誓いをしてくれたけど、あなたは三人のうちの誰にも誓ってないでしょう？」

「あのときは、そんな場合ではなかったのだよ」

「だから、あなたは野獣のままなのよ」

「なに！」

「一方からの誓いではなく、双方で誓いを交わさなければ、わたしが組み立てた魔法は完全には解けないわ」

「そんなこと、おまえは三百年前には言っておらぬのだよ。後出しなのだよ」

「そうね、あなたが三股《さんまた》をかけるなんて想像もしなかったから」

「さ、さんまた！　私はそんなつもりでは――」

「それでも、一方からの誓いで魔法の半分は解けたわ。あなたは野獣のままだけど、これからは庭の外へも出てゆける」

「この姿で出ていっても、またサーカスから逃げ出したライオンもどきだとＳＮＳに投稿されてしまうのだよ。自衛隊を呼ばれてしまうのだよ」

ぶつくさ言う野獣に、仙華が思わぬ朗報を告げる。

「それに、この空間の時間も正しく流れはじめているわ。だから――」

仙華がすずに視線を向けたまま、テーブルのほうへ歩いてきた。

すずが息をのむ。

「あなたも、これからどんどん大きくなるはずよ、すず」

すずがタクシーに置いていったボストンバッグを差し出し、仙華が言う。

すずが泣きそうな顔で受け取ったのは、母親がまた名前を呼んでくれたからかもしれない。それに、これからどんどん大きくなると言ってもらえたから。

「用事はすんだから、わたしはホテルへ帰るわ。予定通り海外へ移住する。もう日本へは帰らないつもりよ」

「……わざわざ、すずの荷物を届けにきたのか」

「娘をあずけるのだから、挨拶《あいさつ》くらいするわ。保護者の義務だから」

言っていることは相変わらずだが、やはり冷ややかさが失《う》せて、少しおだやかになったような気がする。

「それと、あなたの魔法を解いたゲテモノ好きのお相手を見てみたかったのよ」

「ちょっと、ゲテモノ好きは失礼でしょう」

「やっちゃんはゲテモノじゃなくて、ブサカワだよ」

「そうね、毛深くてもじゃもじゃだけど、可愛いところもあるのよ。もったいないから、あなたには教えてあげないけれど」

「可憐と雅は、私をディスっておるのだよ！」

仙華が、つきあっていられないというように肩をすくめる。

「本当に、あなたのようなケダモノに三人も相手が現れるなんてね。あなたが一人に決めて誓いを返せば、残りの魔法も解けるわ。でもそのときは、この屋敷も庭も全部消えて、あなたは無戸籍で無一文の二十歳の若造のまま放り出されるから、今のうちに就職に役立ちそうな資格でもとっておくのね」

「って、待て、私は王子に戻れるのではないのか？　こら、待て、待つのだよ」

「あなたの国なんて、とっくになくなってるわ」

「ガーン、なのだよっ。やっぱりひどいことをズバズバ言う嫌な女なのだよ、おまえは！」

野獣が尻尾をぴんぴん立ててわめく。

仙華の顔に、どこかさっぱりした笑みが浮かび、野獣はちょっと目を見張った。

笑っているのか？　この無慈悲な女が？　しかも、こんなに清々《すがすが》しく。

「そうね、わたしは嫌な女なのよ、でも、愛を知らなかったあなたが愛を知ったのなら、もしかしたらわたしも……。いいえ、なんでもないわ」

しゃべりすぎたことを後悔するように顔をしかめてみせたのにも、人間くささを感じて――。

ほっそりした背中を向けて出口のほうへ歩き出す仙華に、野獣は言った。

「仙華よ、次に来たときは、おまえが世界中を愛したくなるような、とびきりの料理を作ってやるのだよ」

仙華は振り返り、ほんの少し笑った。

「もう来ないわ」

けれど、野獣は仙華がまたいつか野獣の店を訪れる予感がしていた。

そのときは本当にとびきりの料理を振る舞って『野獣さまに完敗ですわ』と言わせてやると決めたのだった。

◇　◇　◇

そして――。

十一月も終盤になり、すずはインターナショナルスクールへ転入した。前の学校へ一ヶ月足らずで出戻るのは、すずも居心地が悪いだろうという配慮からだった。

入学に必要な書類は、野獣が仙華にスマホからメッセージすると、わずらわしそうにそろえてくれた。

すずの住所は、植物園の住所を記入するわけにはいかないので、これは雅が住所を貸してくれた。学校には、すずは雅の家で暮らしていることにしてある。

前の学校ですずは浮いていたようなので、新しい学校ですずがまた淋《さび》しい思いをしないかと野獣は心配したが、今のところすずは毎日明るい顔で通学している。

新しい学校には、いろんな国の子がいるという。日本語をうまく話せない子たちと、お互いに身振り手振りを交えたり、あれこれ工夫して言葉を伝えあうのが楽しいようだ。

三人の美女たちは、ちょくちょく野獣のビストロを訪れる。

「野獣くん、人間に戻ったら無職の一文無しなんだから、ここで料理と飲食店経営の勉強をしておきなさいよ」

「やっちゃん、料理の腕だけは抜群だし、あとは接客だね」

「これからは食材の価格をデータ化して、コストを考えたメニュー作りをしたほうがいいわ。お屋敷が消えてしまったら、自分で仕入れもしなければならないんだから」

野獣の将来を心配して、これも修業のうちだと言い野獣に作らせた料理を美味《おい》しくいただきながら、おしゃべりに興じる。

野獣さんの収入のメドが立つまで、わたしたちの中から一人を選んで結婚するというのもおあずけね、と雅に言われ、他の二人もそれに同意した。

まぁ野獣としても、今すぐ一人を選べと迫られても困るのだが……。

うむ……複雑なのだよ。

レモンバターをからめたタラのソテーにフライパンで火を入れながら顔をしかめる野

獣の後ろで、メイドさんの服を着たすずがお手伝いしている。首に結んだ黒いリボンをリングで留めて、そこから銀色のチェーンを垂らし——チェーンの先で銀色の鈴が、リン……リン……と小さく鳴る。

振り向かなくても、すずが近くいることがわかる。

その音を聞くだけで心がなごみ、しかめていた顔も自然とゆるんでゆく。

そして、今はこのままでよいのかもしれないと思えるのだった。

私が人間に戻ったとき、私の隣には誰がいるのだろう。

あざやかで天晴《あっぱ》れな三人の美女たちの中から、たった一人、野獣が愛を誓う相手はまだ選べずにいるけれど……。

誰を選んでも、誰を選ばなくても。

向こうから「やっぱり結婚するのやめた」と断られても。

店の中にコマチがいて、雅がいて、可憐がいて——そしてすずがいて、店内はとてもにぎやかで、みんなくつろいでいて楽しそうで、キッチンで野獣が料理を作っている。

その風景はきっと変わらないと思えて。

野獣は尻尾《しっぽ》を、ぱたぱたと揺らした。

本書は書き下ろしです。

ビストロ・ベーテへようこそ

幸《しあわ》せのキッシュロレーヌ

野村美月《のむらみづき》

令和6年 12月25日　初版発行

発行者●山下直久

発行●株式会社KADOKAWA
〒102-8177　東京都千代田区富士見2-13-3
電話　0570-002-301（ナビダイヤル）

角川文庫 24449

印刷所●株式会社暁印刷
製本所●本間製本株式会社

表紙画●和田三造

ISBN 978-4-04-115473-1　C0193

◇◇◇

角川文庫発刊に際して

角川源義

第二次世界大戦の敗北は、軍事力の敗北であった以上に、私たちの若い文化力の敗退であった。私たちの文化が戦争に対して如何に無力であり、単なるあだ花に過ぎなかったかを、私たちは身を以て体験し痛感した。西洋近代文化の摂取にとって、明治以後八十年の歳月は決して短かすぎたとは言えない。にもかかわらず、近代文化の伝統を確立し、自由な批判と柔軟な良識に富む文化層として自らを形成することに私たちは失敗して来た。そしてこれは、各層への文化の普及滲透を任務とする出版人の責任でもあった。

一九四五年以来、私たちは再び振出しに戻り、第一歩から踏み出すことを余儀なくされた。これは大きな不幸ではあるが、反面、これまでの混沌・未熟・歪曲の中にあった我が国の文化に秩序と確たる基礎を齎らすためには絶好の機会でもある。角川書店は、このような祖国の文化的危機にあたり、微力をも顧みず再建の礎石たるべき抱負と決意とをもって出発したが、ここに創立以来の念願を果すべく角川文庫を発刊する。これまで刊行されたあらゆる全集叢書文庫類の長所と短所とを検討し、古今東西の不朽の典籍を、良心的編集のもとに、廉価に、そして書架にふさわしい美本として、多くのひとびとに提供しようとする。しかし私たちは徒らに百科全書的な知識のジレッタントを作ることを目的とせず、あくまで祖国の文化に秩序と再建への道を示し、この文庫を角川書店の栄ある事業として、今後永久に継続発展せしめ、学芸と教養との殿堂として大成せんことを期したい。多くの読書子の愛情ある忠言と支持とによって、この希望と抱負とを完遂せしめられんことを願う。

一九四九年五月三日

角川文庫ベストセラー

向日葵のある台所　秋川滝美

学芸員の麻有子は、東京の郊外で中学2年生の娘とともに暮らしていた。しかし、姉からの電話によって、その生活が崩されることに……。「家族」とは何なのか、改めて考えさせられる著者渾身の衝撃作！

ひとり旅日和　秋川滝美

人見知りの日和は、仕事場でも怒られてばかり。社長から気晴らしに旅へ出ることを勧められる。最初は尻込みしていたが、先輩の後押しもあり、日帰りができる熱海へ。そこから旅の魅力にはまっていき……。

ひとり旅日和　縁結び！　秋川滝美

プライベートが充実してくると、仕事への影響も、周りの目も少しずつ変わってくる。さらに、憧れの人・蓮斗との関係にも変化が起こり……⁉　今回のひとり旅の舞台は、函館、房総、大阪、出雲、姫路！

ひとり旅日和　運開き！　秋川滝美

世の中は自粛モードだけど、リフレッシュのために訪れた旅先のパワースポットで厄払い！　さらに、旅の先輩である憧れの蓮斗との関係にも変化が起こり……。舞台は、宇都宮、和歌山、奥入瀬、秋田、沖縄！

おうちごはん修業中！　秋川滝美

営業一筋の和紗は仕事漬けの毎日。同期の村越と張り合い、柿本課長にひそかに片想いしながら、外食三昧の暮らしをしていると、34歳にしてメタボ予備軍に！　健康のために自炊を決意するけれど……。

角川文庫ベストセラー

潮風メニュー　喜多嶋　隆

地元の魚と野菜を使った料理が人気を呼び、海果が一人で始めた小さな料理店は軌道に乗りはじめた。だがある日、店ごと買い取りたいという人が現れて……居場所を失った人が再び一歩を踏み出す姿を描く、感動の物語。

潮風テーブル　喜多嶋　隆

葉山の新鮮な魚と野菜を使った料理が人気の料理店。オーナー・海果の気取らず懸命な生き方は、周りの人々を変えていく。だが、台風で家が被害を受けた上、思いがけないできごとが起こり……心震える感動作。

みかんとひよどり　近藤史恵

シェフの亮二は鬱屈としていた。料理に自信はあるのに、店に客が来ないのだ。そんなある日、山で遭難しかけたところを、無愛想な猟師・大高に救われる。彼の腕を見込んだ亮二は、あることを思いつく……。

窓がない部屋のミス・マーシュ　占いユニットで謎解きを　斎藤千輪

崖っぷちタロット占い師・美月は、儚げな美少女・愛莉と占いユニット〝ミス・マーシュ〟を結成することに。愛莉の推理力と美月のアドリブを生かして人々の悩み解決に乗り出すが!?　可笑しくて優しい人情系ミステリ。

ビストロ三軒亭の謎めく晩餐　斎藤千輪

三軒茶屋にある小さなビストロ。名探偵ポアロ好きのシェフが来る人の望み通りの料理を作る。新米ギャルソンの神坂隆一は、謎めいた奇妙な女性客を担当することになり……美味しくて癒やされるグルメミステリ。

角川文庫ベストセラー

ビストロ三軒亭の美味なる秘密　斎藤千輪

ゲストが求めるものを提供し、心も体も癒やすオーダーメイドのビストロ。主人公で元役者のギャルソン・隆一の成長も描かれる、お仕事グルメミステリー。大好評「ビストロ三軒亭」シリーズ第2弾!

ビストロ三軒亭の奇跡の宴　斎藤千輪

美味な料理と日常の謎解き、温かい人間ドラマ。読めばホロリと癒される、グルメなお仕事小説。ギャルソン、ソムリエ、シェフ。5人の個性豊かな男性スタッフが、訳ありゲストたちの日常の謎を解く。

ホテルジューシー　坂木　司

天下無敵のしっかり女子、ヒロちゃんが沖縄の超アバウトなゲストハウスにて繰り広げる奮闘と出会いと笑いと涙と、ちょっぴりドキドキの日々。南風が運ぶ大共感の日常ミステリ!!

肉小説集　坂木　司

凡庸を嫌い、「上品」を好むデザイナーの僕。正反対な婚約者には、さらに強烈な父親がいて——。(「アメリカ人の王様」)不器用でままならない人生の瞬間を、肉の部位とそれぞれの料理で彩った短篇集。

鶏小説集　坂木　司

似てるけど似てない俺たち。思春期の葛藤と成長を描く(「トリとチキン」)。人づきあいが苦手な漫画家が描く、エピソードゼロとは?(「とべ　エンド」)。肉と人生をめぐるユーモアと感動に満ちた短篇集。

角川文庫ベストセラー

キッチン常夜灯　長月天音

街の路地裏で夜から朝にかけてオープンする〝キッチン常夜灯〟。寡黙なシェフが作る一皿は、一日の疲れた心をほぐして、明日への元気をくれる――がんばりすぎのあなたに贈る、共感と美味しさ溢れる物語。

夏美のホタル　森沢明夫

写真家志望の大学生・慎吾。卒業制作間近、彼女と出かけた山里で、古びたよろず屋を見付ける。そこでひっそりと暮らす母子に温かく迎え入れられ、夏休みの間、彼らと共に過ごすことに……心の故郷の物語。

エミリの小さな包丁　森沢明夫

恋人に騙され、仕事もお金も居場所もすべて失ったエミリに救いの手をさしのべてくれたのは、10年以上連絡を取っていなかった母方の祖父だった。人間の限りない温かさと心の再生を描いた、癒やしの物語。

水曜日の手紙　森沢明夫

水曜日の出来事を綴った手紙を送ると、見知らぬ誰かから手紙が届く「水曜日郵便局」。愚痴ばかりの毎日を変えたい主婦、夢を諦めたサラリーマン……不思議な手紙が明日を変える、優しい奇跡の物語。

株式会社シェフ工房　企画開発室　森崎緩

憧れのキッチン用品メーカーに就職した新津。製品知識のない営業マンや天才発明家の先輩、手厳しい製造担当など一癖あるメンバーに囲まれながら悪戦苦闘。便利グッズを使ったレシピ満載の絶品グルメ×お仕事小説！

角川文庫ベストセラー